Shichirō Fukazawa

Die Narayama-Lieder

AF197761

Zu diesem Buch

Im abgelegenen, rauen japanischen Hochland beherrscht die archaische Natur das Leben der Dorfbewohner. Im Schatten des mächtigen Berges Narayama haben sie gelernt, ihren Rhythmus dem der aufspringenden Knospen anzupassen. Doch jeder Winter ist hart, und das Wohl der Familie steht an erster Stelle. So auch für die zähe, fürsorgliche Orin, die sich unentwegt um das Glück ihres Sohnes sorgt. Noch vor Ende des Jahres muss sie ihm eine Frau finden. Beginnt erst der Winter, wird sie keine Gelegenheit mehr dazu haben. Denn der Brauch gebietet, dass sich die Alten mit siebzig auf eine Reise begeben, von der sie nicht zurückkehren. Fukazawa erzählt eine japanische Legende im Hier und Jetzt, eine Geschichte von Leben und Tod, Liebe, Würde und Hingabe.

»Auf wunderbar schlichte Weise erzählt Shichirō Fukazawa von Leben und Sterben, Abschied und Liebe. Eine kleine Geschichte, von der eine große emotionale Kraft ausgeht.« *Heilbronner Stimme*

Der Autor

Shichirō Fukazawa (1914–1987) war ein japanischer Schriftsteller und Musiker. Nach einer Zeit beim Nichigeki-Theater in Tokio begann er zu schreiben. Mit seiner Erzählung *Die Narayama-Lieder* (1956) wurde er zu einem der berühmtesten Autoren Japans.

Der Übersetzer

Thomas Eggenberg (*1961) studierte Germanistik, Philosophie und Japanologie. Für seine Übersetzungen aus dem Japanischen erhielt er u. a. den Übersetzerpreis der Japan Foundation.

Nachwort

Eduard Klopfenstein (*1938) ist Professor Emeritus für Japanologie. 2010 erhielt er den Orden der Aufgehenden Sonne, 2019 den Paul-Scheerbart-Übersetzer-Preis.

Mehr über den Autor und sein Werk auf *www.unionsverlag.com*

Shichirō Fukazawa

Die Narayama-Lieder

Mit einem Nachwort
von Eduard Klopfenstein

Aus dem Japanischen und
mit einem Nachwort zur Übersetzung
von Thomas Eggenberg

Unionsverlag

Die Originalausgabe erschien 1956 in der Zeitschrift *Chūō kōron*,
als Buch 1957 im gleichen Verlag.
Eine deutsche Ausgabe, übertragen aus dem Französischen,
erschien erstmals 1964 im Rowohlt Verlag.
Für die vorliegende Ausgabe wurde der Text erstmals
direkt aus dem Japanischen übersetzt.

Im Internet
Aktuelle Informationen, Dokumente und Materialien
zu Shichirō Fukazawa und diesem Buch
www.unionsverlag.com

Unionsverlag Taschenbuch 991
Originaltitel: Narayama bushi kō
© by Unionsverlag 2023
Neptunstrasse 20, CH-8032 Zürich
Telefon +41 44 283 20 00
mail@unionsverlag.ch
Alle Rechte vorbehalten
Die erste Ausgabe dieses Werks im Unionsverlag erschien 2021
Reihengestaltung: Heinz Unternährer
Umschlagmotiv: Tsukioka Yoshitoshi, *Obasute no tsuki*
Umschlaggestaltung: Sven Schrape
Satz: Greiner & Reichel, Köln
Druck und Bindung: CPI – Clausen & Bosse, Leck
ISBN 978-3-293-20991-6

Der Unionsverlag wird vom Bundesamt für Kultur mit einem
Verlagsförderungs-Strukturbeitrag für die Jahre 2021–2024 unterstützt.

Auch als E-Book erhältlich

Inhalt

Berg an Berg an Berg – so weit das Auge reicht, nichts als Berge. Im rauen Hochland von Shinshū lag ein Dorf, und am äußersten Rand dieses Dorfes lag die Hütte von Orin. Vor der Hütte lud der mächtige, ebenmäßige Wurzelstock einer Zelkove zum Ausruhen und Verweilen ein. Wer dort vorbeikam, ob groß oder klein, nutzte die Gelegenheit gern. So ergab es sich, dass die Einheimischen Orins Haus einfach nur »Wurzelhütte« nannten.

Orin lebte schon seit mehr als fünfzig Jahren in diesem Dorf. Das Dorf, in dem Orin vor ihrer Heirat gelebt hatte, hieß hier nur »Das andere Dorf« – wie auch dort das Dorf, in dem Orin jetzt lebte, »Das andere Dorf« hieß. Da beide Dörfer keinen Namen hatten, nannte man sich gegenseitig so. Zwar sagten alle »Das andere Dorf«, eigentlich aber bedeutete es »Das Dorf auf der anderen Seite des Berges«. Um hinzugelangen, musste man einen beschwerlichen Weg auf sich nehmen.

Orin war neunundsechzig. Ihren Mann hatte sie bereits vor zwanzig Jahren verloren. Die Frau ihres einzigen Sohnes Tatsuhei war im vergangenen Jahr gestorben, als sie beim Kastaniensammeln in eine

Schlucht stürzte. Dass Orin sich plötzlich um vier Enkelkinder kümmern musste, war nicht so schlimm; viel mehr Kopfzerbrechen bereitete ihr die Suche nach einer neuen Frau für Tatsuhei, denn weder im eigenen noch im anderen Dorf gab es eine Witwe, die vom Alter her einigermaßen gepasst hätte.

Eines Tages hörte Orin zwei Stimmen, auf die sie lange gewartet hatte. Die erste war die eines Dörflers, der am Morgen zum Hinterberg unterwegs war und jenes Lied sang:

Kehrt das Fest vom Narayama dreimal wieder
Lassen die Kastanien ihre Blüten sehn

Das Lied sang man im Dorf zum Bon-Tanz, und da es in diesem Jahr noch nie erklungen war, hatte Orin sich schon gefragt, ob denn nicht bald jemand die vertraute Melodie anstimmen würde. Drei Jahre vom Samen bis zur Blüte – das bedeutete zugleich: Drei Jahre des Lebens sind dahin. Im Dorf gab es den Brauch, mit siebzig die Reise zum Narayama anzutreten. So war das Lied für die Älteren stets auch eine Erinnerung daran, dass der große Tag unaufhaltsam näher rückte.

Orin lauschte dem langsam entschwindenden Gesang. Als sie verstohlen zu Tatsuhei hinüberblickte, merkte sie an seinem vorgereckten Kinn, dass auch

8

er gebannt der Stimme lauschte. Seine Augen leuchteten. Ah, Tatsuhei wird dich auf deiner Reise zum Narayama begleiten, dachte Orin gerührt, und unwillkürlich entfuhr es ihr aus tiefstem Herzen: »Was ist mein Sohn doch ein guter Kerl!«

Die zweite Stimme, nach der sich Orin gesehnt hatte, war die eines Eilboten. Er überbrachte die Nachricht, dass es im anderen Dorf neuerdings eine Witwe gebe. Sie sei fünfundvierzig Jahre alt, genau wie Tatsuhei. Ihr Mann sei vor drei Tagen bestattet worden. Doch das kümmerte niemanden. Wenn nur das Alter ungefähr stimmte, war die Sache so gut wie entschieden. Der Bote war hergeeilt, um von einem unerwarteten Todesfall zu berichten, und machte sich nun mit der Übereinkunft auf den Rückweg, dass die Witwe am vereinbarten Tag ins Dorf kommen und Tatsuheis neue Ehefrau werden solle. Tatsuhei war gerade in den Bergen. Doch zu sagen, Orin habe alles eigenmächtig arrangiert, wäre verfehlt; allein schon die Worte des Boten reichten, um das innig Gewünschte geschehen zu lassen. Sobald Tatsuhei nach Hause käme, würde sie ihm die Neuigkeit erzählen, und alles würde gut.

Heiratsfragen wurden ganz unkompliziert geregelt. Mann und Frau trafen sich zu einem traulichen Gespräch. Fanden beide Gefallen aneinander, zog die Frau in die Hütte des Mannes und lebte dort mit ihm.

Ein Fest oder eine Zeremonie gab es nicht. Hin und wieder musste die Hilfe eines Vermittlers in Anspruch genommen werden, aber selbst dann war vor allem das Alter entscheidend. Erst besuchte die Frau den Mann zu Hause, bis sie irgendwann auch dort schlief und schließlich Teil der Familie wurde.

Abwechslung bot das Leben im Bergdorf kaum. Es gab zwar Bon und Neujahr, nur: Wohin hätte man gehen sollen, um ausgelassen zu feiern? So begnügte man sich einfach damit, an diesen Tagen nicht zu arbeiten. Üppig gekocht und geschmaust wurde einzig beim Narayama-Fest; ansonsten lebte man in bescheidensten Verhältnissen.

Orin schaute dem Boten lange hinterher. Er hatte gesagt, die Eltern der Witwe hätten ihn hergeschickt, aber sie vermutete, dass er nicht irgendein Laufbursche, sondern ein naher Verwandter der Familie war. Seit dem Tod des Mannes waren erst wenige Tage vergangen, und schon kam jemand in Windeseile, in bestimmter Absicht ... Die Familie war offenbar darum besorgt, für die verwitwete Tochter so schnell wie möglich ein neues Nest zu finden. Aber für uns ist es ja auch gut, dachte Orin, erfüllt von Dankbarkeit. Nächstes Jahr würde sie siebzig werden und die Reise zum Narayama antreten. Was, wenn sich bis dahin keine Schwiegertochter findet?, hatte Orin sich immer wieder sorgenvoll gefragt. Und nun war da auf einmal eine Frau im passenden Alter, die schon bald als zukünftige Braut und Schwiegertochter mit einem Verwandten herüberkommen würde. Welch ein Glück! Orin atmete erleichtert auf, als hätte man ihr eine schwere Last von den Schultern genommen. Nicht nur die Hoffnung auf eine neue Schwiegertochter, allein die Tatsache, dass sich überhaupt eine Frau ankündigte, war Grund zur Freude. Ihre größte Sorge war wie weggeblasen.

Orin hatte vier Enkelkinder, ein Mädchen und drei Jungen. Ihr ältester Enkel, Kesakichi, war sechzehn, während das jüngste und einzige Mädchen noch keine drei Jahre alt war. Des Suchens und Wartens überdrüssig geworden, schien Tatsuhei in letzter Zeit die Hoffnung auf eine neue Lebensgefährtin verloren zu haben. Lustlos lebte er in den Tag hinein, nichts vermochte ihn aufzumuntern. Orin wie auch die Dörfler hatten das natürlich bemerkt. Die unerwartete Nachricht wird seine Fröhlichkeit, seinen Tatendrang bestimmt wiederbeleben, war Orin überzeugt und spürte, wie der Gedanke in ihr selbst frische Lebensgeister weckte.

Am Abend, als Tatsuhei vom Berg zurückkam und sich auf die Wurzel setzte, rief Orin aus dem Innern des Hauses ganz erregt: »He, Tatsuhei! Im andern Dorf gibt's eine Braut für dich! Witwe ist sie, erst seit vorgestern, kommt aber her, sobald neunundvierzig

Tage vorbei sind. Ist das nicht 'ne Überraschung?« In einem einzigen Wortschwall brach die Nachricht aus ihr heraus. Orin platzte fast vor Stolz, ihrem Sohn endlich von der Braut erzählen zu können. Sie fühlte sich, als hätte sie eine Heldentat vollbracht.

Tatsuhei wandte sich um. »Was? Wirklich? Aus dem andern Dorf? Wie alt ist sie denn?«

Orin stürzte aus der Hütte und auf Tatsuhei zu. »Tamayan heißt sie. Sie ist fünfundvierzig, genau wie du!«

»Nach so langer Zeit weiß ich ja schon gar nicht mehr, wie's geht ...« Tatsuhei lachte – vielleicht auch aus Verlegenheit? – und nickte Orin halb vergnügt, halb gequält zu. Mit dem Spürsinn einer alten Frau fragte sie sich, ob Tatsuhei die Neuigkeit letztlich gar nicht so interessierte, ob ihn etwas anderes beschäftigte. Doch der Zweifel verflog schnell wieder, und Orin lächelte selig vor Glück.

Der Narayama war nicht irgendein Berg: Auf diesem Berg wohnte ein Gott. Da alle, die zum Narayama gegangen waren, ihn gesehen hatten, zweifelte niemand daran. Und da niemand an diesem Gott zweifelte, wurde das Narayama-Fest so aufwendig vorbereitet und so ausgiebig gefeiert wie kein anderes. Fast wollte man meinen, es gäbe nichts Wichtigeres – was auch daran lag, dass kurz darauf das Bon-Fest stattfand und sich die Lieder beider Anlässe vermischten und schließlich eins wurden.

Das Bon-Fest dauerte vom dreizehnten bis zum sechzehnten Tag des siebten Mondmonats. Das Narayama-Fest wurde am Abend vor Beginn des Bon-Festes gefeiert, also am zwölften Tag. Neben dem, was der Frühherbst an Essbarem hergab, wie Bergkastanien, wilde Beeren, Eibennüsse und Pilze, bereitete man zum Narayama-Fest noch etwas anderes zu: weißen Reis, das für die Bergbewohner Allerkostbarste. Wenn dann noch der milchig trübe Reiswein fertig war, schmauste man die ganze Nacht hindurch. Weißer Reis hieß in dem weit abgelegenen, unwirtlichen Dorf »Heiliger Weißer Buschklee«, da die Blütenknospen des Klees an Reiskörner erinnerten und Reis etwas ganz Besonderes war. Ebene Flecken für den Anbau gab es kaum, entsprechend mager fiel die Ernte aus. Die tägliche Nahrung bestand vor allem aus Hirse und Mais – Pflanzen, die auch an steilen Hängen angebaut werden konnten. In den Genuss von weißem Reis kam man nur beim Narayama-Fest oder wenn man mit einer schweren Krankheit darniederlag.

Zum Bon-Tanz sangen die Dörfler:

Eia ei, eia ei, wie schlau Väterchen doch ist
Drei Tag auf der Matte und kriegt schon, was er will

Das Lied geißelte skrupellose Verschwendung und verspottete die Missetäter als Heuchler, Schurken, Deppen. Als eine Art Mahnspruch erklang es auch bei vielen anderen Gelegenheiten. Wenn etwa ein Junge nur müßig herumfläzte, sangen die Eltern oder Geschwister:

Eia ei, eia ei, wie schlau Brüderchen doch ist
Drei Tag auf der Matte und kriegt schon, was er will

So wurde der Junge nicht direkt getadelt, doch die Botschaft war unmissverständlich: Ein Faulpelz wie du, der sich zwar gern mit Flausen die Zeit vertreibt, sonst aber jede Mühe und Arbeit scheut – wer weiß, ob so einer nicht noch auf die Idee kommt, man möge doch bitte Heiligen Weißen Buschklee für ihn kochen? Natürlich wurde das Lied auch gesungen, wenn ein Kind seinen Eltern nicht gehorchen wollte oder ihnen widersprach.

Eigentlich gab es nur ein einziges Narayama-Lied, jenes mit dem Vers »Lassen die Kastanien ihre Blüten sehn«. Da die Dörfler aber ihren Spaß daran hatten, allerlei neckische Strophen zu dichten, entstanden nach und nach immer mehr.

An Orins Hütte am Dorfrand kam jeder vorbei, der zum Hinterberg wollte. Das Narayama-Fest war nur noch einen Monat entfernt. Stimmte jemand ein Lied an, ertönte es bald aus dieser, bald aus jener Kehle, bis auch Orin es vernahm:

Otori-san vom Salzhaus, hat sie Glück!
Geht auf den Berg und siehe da –
Es beginnt zu schneien

Im Dorf hatten die Worte »auf den Berg gehen« zwei ganz verschiedene Bedeutungen. Sie wurden immer gleich ausgesprochen und gleich betont, aber alle wussten genau, was jeweils gemeint war. Machte man sich auf, um Brennholz zu schlagen oder Holz zu verkohlen, sagte man »Ich geh auf den Berg«, und ebenso, wenn es Zeit war, die Reise zum Narayama anzutreten.

Im Salzhaus wohnte keine »Otori«. Es war der Name einer Frau, die vor Generationen gelebt und für ihren letzten Gang genau den richtigen Tag gewählt hatte. Das galt von alters her als Inbegriff des Glücks. Schnee war in der Gegend keine Seltenheit. Wenn der Winter kam, färbten sich die Berge weiß. Bei Otori-san begann es just zu schneien, als sie auf dem Berg angekommen war. Sie hätte sich nichts Besseres wünschen können.

Zwischen Dorf und Berg lagen sieben Täler und drei Seen. Ein weit entfernter, entrückter Ort, wie geschaffen für einen Gott. Für einen Menschen aber ist er unmöglich zu erreichen, wenn es schneit. Fängt es schon unterwegs an, droht man im Schneegestöber stecken zu bleiben. Pech hat man auch, wenn der Weg zwar gut begehbar ist, es bei der Ankunft aber nicht schneien will. So war das Lied von Otori-san den Dörflern eine Mahnung, nicht etwa im Sommer, sondern im Winter auf den Narayama zu gehen und für den Aufbruch einen Tag zu wählen, der hoffentlich Schnee brächte.

Orin beschäftigte die Reise zum Narayama schon lange. Der Reiswein für den Abschiedstrunk musste vorbereitet werden und auch die Strohmatte, auf die sie sich am Ziel ihrer Reise setzen würde. Dann war da noch die neue Frau für ihren verwitweten Sohn. All diese Aufgaben – Reiswein, Strohmatte, Schwiegertochter – waren vollbracht. Die Matte hatte sie schon vor drei Jahren fertig geflochten. Aber etwas anderes, das sie belastete, war noch nicht getan.

Nachdem Orin sich vergewissert hatte, dass niemand in der Nähe war, griff sie nach einem Feuerstein, sperrte ihren Mund auf und schlug den Stein energisch gegen die unteren und oberen Schneidezähne. KLACK-KLACK! KLACK-KLACK! Diese zähen Zähne mussten weichen! KLACK-KLACK-KLACK! Es dröhnte in ihrem Kopf, ein stechender

Schmerz durchfuhr sie bis zum Scheitel. Aber sie riss sich zusammen und hoffte, die Zähne würden irgendwann ausfallen, wenn sie nur immer wieder dagegenschlug. Auf diesen Moment freute sie sich so sehr, dass sie den Schmerz fast als Wohltat empfand.

Orin hatte trotz ihres Alters gute, gesunde Zähne. Früher war sie stolz auf ihre Zähne gewesen, mit denen sie sogar getrocknete Maiskörner zerbeißen konnte. Auch als sie älter wurde, fiel ihr kein einziger Zahn aus. Doch je mehr Zeit verging, desto mehr begann sie sich dafür zu schämen. Während ihrem Sohn Tatsuhei bereits einige Zähne fehlten, hatte Orin mit ihrem makellosen Gebiss keinerlei Mühe beim Essen und erweckte gar den Eindruck, sie sei gefräßiger als alle anderen. Das beschämte sie.

Von den Dörflern musste sich Orin einiges anhören: »Uaah, mit solchen Zähnen bist du aber gut bedient! Ob Kiefernzapfen oder Saubohnen, die lassen nix übrig, stimmt's?«

Das war nicht etwa ein neckischer Scherz, sondern beißend giftiger Spott. Saubohnen sind steinhart, sodass man nach dem Essen furchtbar furzen muss und es stinkt wie im Schweinestall. Wenn man einen hatte fahren lassen, sagte man: »Tja, die Saubohnen …«

Keiner mochte Saubohnen. Hart und ungenießbar, wie sie waren, wurden sie normalerweise Brech- oder Knackbohnen genannt. Sagte nun einer »Saubohnen«, obwohl Orin noch nie vor jemandem gefurzt hatte, dann zweifellos in der Absicht, sie zu ärgern. Das wusste Orin genau, Saubohnen-Sprüche hatte sie sich schon oft anhören müssen. Aber was konnte sie dafür, dass sie noch immer so gute Zähne hatte? Selbst in einem Alter, in dem die Reise zum Narayama bald bevorstand? Kein Wunder, dachte sie, dass sich die Leute über mich lustig machen.

Sogar ihr Enkel Kesakichi foppte sie: »Ich glaube, Oma hat dreiunddreißig Zähne!« Herausfordernd schaute er sie an.

Orin fuhr mit einem Finger alle ihre Zähne nach und zählte – es waren nur achtundzwanzig. »Blödsinn, was erzählst du da. Achtundzwanzig sind's, merk dir das!«

»Ach was. Du kannst wohl nur bis achtundzwanzig zählen. Sicher sind's mehr!«, gab der Enkel frech zurück.

Die Geschichte mit den dreiunddreißig Zähnen war ein gefundenes Fressen für Kesakichi. Letztes Jahr hatte er zum Bon-Tanz gesungen:

Meine Oma hat zuhinterst in der Rumpelkammer
Dreiunddreißig ihrer Teufelszähne aufgehoben

Alle hatten geklatscht und sich vor Lachen gekugelt. Kesakichi hatte nämlich das zotigste Lied genommen und es spontan ein wenig umgedichtet. Ursprünglich lautete die Strophe:

Meine Mutter hat zuhinterst in der Rumpelkammer
Dreiunddreißig Härchen vom geheimen Örtchen
aufgehoben

Es waren Verse, um Würde und Ehre einer Frau zu verletzen. Kesakichi änderte nur ein paar Wörter, hatte aber so viel Erfolg damit, dass er seither keine Gelegenheit ausließ, um die Mär von Orins dreiunddreißig Zähnen überall herumzuerzählen.

Als Orin heiratete, war sie die schönste Frau im Dorf gewesen, und als ihr Mann starb, wurden keine üblen Gerüchte in Umlauf gebracht wie bei anderen Witwen. Noch nie hatte sich jemand in ihre Angelegenheiten gemischt oder an ihr herumgenörgelt. Dass man sie eines Tages ausgerechnet ihrer Zähne wegen verspotten würde, hätte sie nie gedacht. Aber inzwischen wusste sie: Vor ihrer Reise zum Narayama mussten wenigstens die Vorderzähne weg, mit welchen Mitteln auch immer. Wenn sie sich am Tag der Reise auf Tatsuheis Rückentrage setzte, wollte sie eine schöne alte Frau mit Zahnlücke sein. Darum traktierte sie ihre Zähne heimlich und beharrlich mit dem Feuerstein.

Neben Orins Hütte befand sich ein Haus, das alle »Münzlager« nannten. Im Dorf konnte man mit Geld nichts anfangen, und in keiner Familie gab es welches, aber jemand vom Münzlager war einmal in der Provinz Echigo gewesen und hatte von dort eine Tenpō-Münze mitgebracht. So bekam das Haus seinen Namen.

Im Münzlager wohnte Matayan, der in diesem Jahr siebzig geworden war. Da er nicht nur Orins Nachbar, sondern auch im gleichen Alter war wie sie, verband die beiden jenes Ereignis, das sie bald erwartete. Doch während sich Orin schon seit Jahren auf den großen Tag vorbereitete, wurden im Münzlager, wie es schien, keinerlei Vorbereitungen für den Abschied getroffen. Das wunderte niemanden, denn Matayan und seine Sippe galten als furchtbare Geizhälse. Es war das Gerücht umgegangen, dass der Alte noch vor dem Frühling hatte gehen wollen, aber dann wurde es Sommer, und nun munkelte man, er werde diesen Winter gehen. Oder wohl eher: sich davonstehlen. Orin aber wusste längst, wie es in Matayans dunkler Seele aussah. Ein Gefangener seiner Gier, hatte der Kerl nicht die geringste Lust, auf den Berg zu gehen. Was für ein dummer, unglücklicher Mensch!, dachte sie sich und war selbst entschlossen, sich gleich im ersten Monat ihres siebzigsten Jahres auf den Weg zu machen.

Neben dem Münzlager war eine Hütte, die bei den Dörflern »Feuerfichte« hieß. Hinter dieser Hütte ragte der Stamm einer abgestorbenen Fichte empor wie ein spitzer Fels. Vor langer Zeit hatte ein Blitz in den stolzen Baum eingeschlagen. Seiter war das Haus als Feuerfichte bekannt.

Das Haus daneben war die »Regenhütte«. Südöstlich des Dorfes lag der Berg Tatsumi, und angeblich regnete es immer, wenn einer aus diesem Haus auf den Berg stieg. Das liege daran, so erzählte man sich, dass ein früherer Bewohner dort eine Schlange mit zwei Köpfen entdeckt und getötet habe.

Ein Haus weiter lag die »Eibenhütte«. Das Dorf mit seinen zweiundzwanzig Häusern lag inmitten vieler Bäume, aber der allergrößte Baum war jene Nusseibe bei der Eibenhütte. Sie wurde in einem berühmten Lied besungen:

Ginyan von der Eibenhütte, was lockt die alles an
Wiegt nach Kind und Kindeskind noch ein
Mäuschen

Als Orin neu im Dorf und frisch verheiratet gewesen war, hatte diese Ginyan noch gelebt. Eine alte, einfältige Frau, deren zweifelhafter Ruf in dem Lied zum Ausdruck kam. »Mäuschen« meinte das Kind eines Enkels, also einen Urenkel. In diesem Dorf, in dem das Essen immer knapp war, musste eine Familie mit schrägen Blicken und bissigen Bemerkungen rechnen, wenn sie fast so viel Nachwuchs produzierte wie Mäuse. Urenkel waren ein Zeichen dafür, dass es der Familie über drei Generationen hinweg an frühreifen und fruchtbaren Sprösslingen nicht mangelte. Ginyan hatte eigene Kinder geboren, Enkelkinder aufgezogen und auch noch ihre Urenkel in den Armen gehalten. Sie habe lauter lüsterne, vögelfreudige Nachkommen in die Welt gesetzt, lästerten die Dörfler, ein wollüstiges Weibsbild, das »alles anlockt«, wie es im Lied heißt, und sich nicht im Zaum halten kann.

Brach der siebte Monat an, kam plötzlich Schwung in den gemächlichen Gang des Dorflebens. Das Narayama-Fest dauerte nur einen einzigen Tag, da es aber nur einmal im Jahr stattfand, herrschte schon zu Beginn des Monats eine so ausgelassene, fröhliche Stimmung wie am Festtag selbst. Und morgen war es endlich so weit! Emsig lief Tatsuhei umher, er hatte viel zu tun. Der aufgekratzte Kesakichi war mit Kumpanen unterwegs und ließ sich nicht blicken. So musste Tatsuhei alles allein erledigen. Als er an der Regenhütte vorbeikam, hörte Tatsuhei, wie das Oberhaupt der Familie das Lied von den Teufelszähnen sang:

Orin von der Wurzelhütte hat zuhinterst in der
  Rumpelkammer
Dreiunddreißig ihrer Teufelszähne aufgehoben

Du Dreckskerl!, dachte Tatsuhei. Er hörte das Lied zum ersten Mal. Zwar hatte Kesakichi schon im letzten Jahr damit angefangen, doch weder Orin noch Tatsuhei war es seither zu Gehör gekommen. Ganz anders dieses Jahr. Man sang es allerorten, und unverhohlen wurde dabei Orins Name genannt.

Entschlossen stieß Tatsuhei die Tür zur Regenhütte auf und trat ein. Der Hausherr war gerade am Eingang beschäftigt, so setzte sich Tatsuhei kurzerhand vor ihn auf den nackten Erdboden. »Na, komm doch mal zu uns und zähl nach, wie viele Zähne mein Mütterchen hat!«

Wie der Hausherr den sonst schweigsamen Tatsuhei so auf dem Boden kauern sah und dessen zornige Stimme hörte, wurde ihm angst und bange. Überrumpelt, versuchte er ihn zu beschwichtigen: »Was? Ach, das war doch nicht so gemeint … Euer Kesayan hat das doch schon hundert Mal gesungen! Jetzt hab dich nicht so …«

Erst da erfuhr Tatsuhei, dass sein eigener Sohn diese Verse zu verantworten hatte. Er erinnerte sich an Kesakichis spöttische Bemerkung: »Ich glaube, Oma hat dreiunddreißig Zähne!« Und auf einmal verstand er. Denn selbst Kesakichi getraute sich nicht, vor ihm und Orin sein unflätiges Lied zu singen.

Wortlos stürmte Tatsuhei aus dem Haus. Er packte einen dicken Ast am Wegrand und suchte nach Kesakichi. Wo trieb sich dieser Lump nur herum?

Er fand ihn singend mit ein paar anderen Kindern bei der Hütte vorm Teich:

Einmal im Jahr beim Bergfest, mit gezwirbeltem Stirnband
Lasst uns schmatzen, lasst uns schmausen, bis wir platzen!

Die Zedern standen so dicht, dass sie Tatsuhei die Sicht versperrten, aber Kesakichis Stimme erkannte er im Chor der Kinder sofort. Er holte mit dem dicken Ast aus und brüllte: »Kesa! Mütterchens Zähne … Das sollen Teufelszähne sein? Du undankbares Balg! Wer hat dich denn verwöhnt und gepäppelt und aufgezogen? Hm? O du, du …«

Tatsuhei sprang hinter den Bäumen hervor und ließ den Ast auf Kesakichi niedersausen. Doch der wich blitzschnell aus, und der Ast traf auf einen Stein. Tatsuhei fühlte einen surrenden Schmerz in der Hand, mit so viel Kraft hatte er zugeschlagen.

Kesakichi rannte davon, blieb in sicherer Entfernung stehen und schaute höhnisch zu Tatsuhei.

Der schrie Kesakichi wütend an: »Du Dämlack! Du kriegst nichts zu essen!«

»Du kriegst nichts zu essen!« oder »Kein Essen!« hörte man oft im Dorf. Essverbot war keine ungewöhnliche Strafe, aber dergleichen sagte man auch, um jemanden einfach nur zu beschimpfen.

Es wurde Abend, und als alle schon um den kleinen Esstisch saßen, kam Kesakichi von draußen herein und setzte sich dazu. Er warf einen flüchtigen Blick auf Tatsuhei. Dessen Zorn war verflogen, nun wirkte er niedergeschlagen und bedrückt.

Denn Tatsuhei war es zuwider, im Beisein von Orin über das Lied mit den Teufelszähnen zu reden. Nun war es zwar in der Welt, doch wenigstens Orin sollte nicht davon erfahren, und er hoffte, Kesakichi möge die Angelegenheit nicht erwähnen.

Kesakichi aber schimpfte im Stillen: Wie kann man sich über dieses läppische Lied nur so aufregen! Was für 'n Weichei! Findet er das wirklich schlimm? Wenn's wieder Stunk gibt, sing ich ihm das Lied, und nicht nur einmal. Kann er Gift drauf nehmen! – Kesakichi fühlte sich, als wüchsen ihm Flügel, die ihn stark und frei machten. Er wollte sich nichts mehr gefallen lassen, und er wollte auch nicht, dass eine neue Frau für seinen Vater ins Haus kam.

Inzwischen hatten sich alle bedient, und die Familie begann zu essen. Eigentlich eher zu schlürfen, denn es gab nur Brühe mit Maisklößchen und ein wenig Gemüse.

Orin war mit ihren Gedanken ganz woanders: Die Braut aus dem anderen Dorf ... Es ist zwar noch etwas zu früh, aber vielleicht kommt sie morgen zum Fest? – Sie hatte gehofft, ihre neue Schwiegertochter würde heute schon anklopfen, doch die Hoffnung hatte sich nicht erfüllt. So spekulierte sie auf den morgigen Tag und dachte, es sei wohl besser, wenn sie es allen im Voraus mitteile.

Feierlich verkündete Orin: »Morgen kommt vielleicht die Mama aus dem andern Dorf.«

Darauf Tatsuhei voller Freude: »Ist ja noch keinen Monat her, aber wenn sie bald kommt, wird's für Oma sicher auch leichter. Wegen Kochen und so.«

»Moment mal!«, rief Kesakichi dazwischen und hob die Hand, als wolle er Tatsuhei zum Schweigen bringen. Aufgebracht fuhr er Orin an: »Dieses Weib aus dem andern Dorf braucht gar nicht zu kommen!« Mit streitlustiger Miene fixierte er Tatsuhei und fauchte: »*Ich* nehme mir eine Frau, *du* brauchst keine neue mehr!« Und wieder zu Orin: »Wenn dir das Kochen so Mühe macht, dann wird sich eben meine Frau drum kümmern. Also halt den Mund!«

Ganz verdattert saß Orin da. Auf einmal donnerte sie los: »Du Schwachkopf! Kein Essen!«, und warf ihre Stäbchen Kesakichi mitten ins Gesicht.

Da sagte der bald dreizehnjährige Enkel: »Kesayan hat's nämlich auf Matsuyan von der Teichhütte abgesehen.« Er sagte es absichtlich vor allen, um seinem älteren Bruder eins auszuwischen. Dass der sich gut mit Matsuyan verstand, wusste er genau.

Kesakichi watschte ihm eine auf die Backe. »Idiot! Halt deine Klappe!«, schnaubte er und starrte den Bruder wütend an.

Auch Tatsuhei war verdattert. Er brachte kein Wort heraus. Noch nie hatte er sich Gedanken über eine Frau für Kesakichi gemacht. In diesem Dorf wurde spät geheiratet, ein Mann, der sich vor zwanzig eine Frau nahm, war so gut wie undenkbar. Kesakichis unbeirrbarer, entschiedener Widerstand hatte ihn tief getroffen.

In einem Lied heißt es:

Auch mit dreißig oder drüber ist noch Zeit
Ist es eine mehr, isst auch eine mehr

Dieser Vers warb für spätes Heiraten. »Isst auch eine mehr« bedeutete natürlich, dass alle weniger zu essen kriegen, wenn ein weiteres hungriges Maul am Tisch sitzt. Deswegen waren weder Orin noch Tatsuhei auch nur im Traum auf die Idee gekommen, Kesakichi könne sich schon bald eine Frau nehmen.

Durch das Dorf plätscherte ein Bach, der sich an einer Stelle zu einem kleinen Teich weitete. Davor stand ein Haus, das »Teichhütte« genannt wurde. Die Tochter des Hauses, Matsuyan, war Orin wohlbekannt. Zwar hatte sie Kesakichi gerade heftig gerüffelt, aber ihr kamen Zweifel, ob sie als alte Frau nicht zu wenig verstand von gewissen Dingen des Lebens, und so verpuffte ihr Ärger wieder. Erst jetzt wurde ihr bewusst, dass diese Matsuyan schon eine richtige Frau war und auch Kesakichi fast ein erwachsener Mann. Die groben Worte, die er ihr so plötzlich an den Kopf geworfen hatte, hatten sie erschreckt, aber dass sie so blind für Kesakichis Belange gewesen war, verübelte sie sich.

Kesakichi war schon längst vom Esstisch aufgestanden und verschwunden.

Am nächsten Tag feierten alle das Narayama-Fest. Die Kinder hatten sich den Bauch mit Heiligem Weißem Buschklee vollgestopft und waren zum Festplatz mitten im Dorf gerannt. Das eigentliche Fest begann erst am Abend, doch die Kinder kamen stets schon am Morgen zusammen. Auf dem Platz wurde der Bon-Tanz getanzt. »Tanzen« ist vielleicht etwas übertrieben: Frauen und Männer hielten in beiden Händen einen Schöpflöffel und schritten singend im Kreis hintereinander her, während sie die Löffel aneinanderschlugen, mehr rhythmisches Gehen als Tanzen.

Auch Tatsuhei war verschwunden, um zu feiern, und so blieb Orin allein zu Hause zurück.

Gegen Mittag bemerkte Orin eine Frau, die, ihr den Rücken zugewandt, auf dem Wurzelstock vor der Hütte saß. Neben ihr lag ein prall gefüllter Reisesack. Sie schien auf jemanden zu warten.

Orin fragte sich, ob diese Frau nicht ihre neue Schwiegertochter aus dem anderen Dorf war. Aber wenn sie es wäre, würde sie doch wenigstens anklopfen! Orin konnte sich beim besten Willen nicht vorstellen, dass es tatsächlich die Schwiegertochter sein sollte. Sicher ist die Frau aus dem anderen Dorf hergekommen, weil sie zum Fest Verwandte im Dorf besuchen will, dachte Orin. Doch der große, dicke Reisesack … Das sah nicht nach einem gewöhnlichen Besuch aus … Orin ertrug die Ungewissheit nicht länger und trippelte hinaus.

»Ich weiß nicht, wo Sie herkommen, aber Sie wollen wohl zum Fest?«

Als würde sie Orin schon lange kennen, fragte die Angesprochene in vertraulichem Ton zurück: »Tatsuheiyan – der wohnt doch hier, oder?«

Kein Zweifel, es ist die Schwiegertochter!, dachte Orin. Laut sagte sie: »Ah, du bist die aus dem andern Dorf, Tamayan, richtig?«

»Ja, das bin ich. Auch bei uns wird gefeiert, aber alle haben gesagt, ich solle doch bei euch feiern. So bin ich schon heute gekommen.«

»Ei, so ist das! Komm rein, komm!«, sagte Orin und zog Tamayan am Ärmel.

Orin war selig vor Glück. Geschäftig lief sie hin und her, holte einen kleinen Esstisch und stellte allerlei Schälchen und Teller darauf mit dem Essen, das sie fürs Fest vorbereitet hatte. »Komm, iss! Ich geh Tatsuhei holen.«

»Alle haben gesagt, ich soll lieber hier essen statt zu Hause. So hab ich mich früh am Morgen mit leerem Magen auf den Weg gemacht.«

»Komm, komm, iss! Lang nur kräftig zu!«, sagte Orin und dachte: Auch ohne vom leeren Magen zu reden oder aus Anstand so zu tun, als hätte man keinen Hunger – so oder so hätte ich ihr gleich das Essen aufgetischt. Hab sie doch schon gestern erwartet!

Tamayan begann zu essen und zu erzählen. »›Die Oma hat 'n gutes Herz. Also geh schon, geh schon!‹, haben alle gesagt ...«

Orin schaute freudig zu, wie Tamayan aß. Es schien ihr zu schmecken.

»Der Besuch neulich, das war mein älterer Bruder. ›Die Oma hat 'n gutes Herz‹, hat er immer wieder gesagt, und da wollte ich nicht mehr länger warten.«

Orin rückte näher zu Tamayan. Das sind nicht nur leere Worte, dachte sie. Diese Schwiegertochter meint wirklich, was sie sagt. Sie wandte sich an Tamayan: »Ach, hättest ruhig früher kommen können. Ich hab dich schon gestern erwartet.«

Orin lehnte sich vor, noch näher zu Tamayan, doch als sie merkte, dass man ihre gesunden Zähne sehen könnte, verdeckte sie diese schnell mit der Hand und zog das Kinn ein.

»Aber sag mal, wieso bist du auf der Wurzel da draußen sitzen geblieben? Hättest einfach reinkommen sollen!«

Tamayan lächelte. »Ich bin ja allein gekommen und fühlte mich, wie soll ich sagen, etwas verloren … Mein Bruder hatte versprochen, mich zu begleiten, aber gestern Abend hat er viel zu viel von dem Festwein getrunken und war so sternhagelvoll, dass er nur noch lallte: ›Die Oma hat ’n gutes Herz, also geh schon, geh schon!‹ Er hörte gar nicht mehr auf damit.«

Solches Lob ließ Orin vor Freude wie auf Wolken schweben, und sie fand, die neue Schwiegertochter sei sogar besser als die andere, verstorbene.

»Ach je … Aber wenn's nur das war, hätt ich dich holen können …«, sagte Orin.

»O wie nett! Dann hätt ich Euch huckepack wieder nach Haus getragen.«

Dieses Mädchen, wunderte sich Orin, hätte mich also vom andern Dorf bis hierher getragen? Über Stock und Stein auf bergigem Pfad? Orin machte sich Vorwürfe, dass sie nie daran gedacht hatte, Tamayan hierherzubegleiten. Selbst wenn sie mich nicht huckepack genommen hätte – einen Berg rauf und runter, das schaff ich ja wohl noch, dachte Orin trotzig. Doch Tamayans Warmherzigkeit und selbstlose Bereitschaft, sie über den Berg zu tragen, rührten sie fast zu Tränen. Voller Bewunderung und Freude erinnerte sich Orin an etwas, was sie Tamayan unbedingt erzählen wollte: dass sie, sobald das nächste Jahr begänne, ihre Reise zum Narayama antreten würde. Als ihr Bruder ins Dorf gekommen war, um die Nachricht von der jungen Witwe zu überbringen, hatte sie ihren Entschluss geäußert.

Orin bemerkte, wie sich Tamayan mit der Hand die Brust rieb. War ihr vielleicht ein Bissen stecken geblieben? Orin rutschte hinter Tamayan und strich ihr tätschelnd über den Rücken.

»Iss nur langsam, ja?«, wollte sie sagen, zögerte jedoch. Würde Tamayan das nicht als Geiz missverstehen? Lieber nicht. Wenn ich Tatsuhei suchen gehe, kann Tamayan allein in aller Ruhe weiteressen, überlegte Orin und strich wieder über Tamayans Rücken.

»Weißt du, sobald Neujahr ist, geh ich auf den Berg …« Orins Hand hielt inne.

Tamayan schwieg einen Moment und sagte dann: »Ah, mein Bruder hat so was erzählt. Aber er meinte, Ihr sollt Euch nur Zeit lassen damit.«

»Nein, auf keinen Fall! Man wird vom Berggott nur belohnt, wenn man rechtzeitig geht.«

Orin lag noch etwas anderes auf der Zunge, das sie Tamayan unbedingt erzählen wollte. Sie nahm den Teller in der Mitte des Tisches und stellte ihn vor Tamayan ab. Er war randvoll mit geschmorten Saiblingen. »Die Saiblinge hier – hab ich alle selber gefangen!«

Der König der Flussfische wurde meistens getrocknet und galt im Bergdorf als kostbare Nahrung.

Mit ungläubiger Miene fragte Tamayan: »Was? Oma kann Saiblinge fangen?«

»Und ob! Tatsuhei und auch Kesakichi sind total ungeschickt! Ehrlich gesagt, im ganzen Dorf gibt's keinen, der so viele fangen kann wie ich.«

Bevor sie auf den Berg ging, wollte Orin Tamayan ihr einziges Geheimnis verraten. Ihre Augen leuchteten. »Ich weiß genau, wo die Saiblinge sind. Hab's aber niemandem gezeigt! Nur dir werde ich's bald verraten … Wenn du abends zu der Stelle gehst, musst du einfach die Hand ins Loch tauchen, und schon hat man einen. Und wieder einen. Und wieder einen. Aber niemand weiß es, hehe.« Kichernd schob Orin den Teller mit den Saiblingen Tamayan direkt vor die

Nase. »Iss nur alles, tu dir keinen Zwang an. Von den getrockneten gibt's noch genug!« Orin stand auf. »Ich geh jetzt Tatsuhei holen. Iss einfach weiter, ja?«, sagte sie und verschwand durch die Hintertür.

Gleich nebenan war der Schuppen mit Vorräten und Gerätschaften. Orin huschte hinein. Vor Freude über das Gehörte – dass sie ein gutes Herz habe – nahm sie beherzt allen Mut zusammen, schloss die Augen und TACK! stieß ihre Zähne mit voller Wucht an die Kante des Mühlsteins. Zuerst dachte sie, ihr Kiefer wäre weggeflogen, weil sie keinerlei Schmerz empfand, nur ein taubes Gefühl. Doch dann spürte sie auf einmal etwas Warmes, Süßliches. Als das Blut aus ihrem Mund quoll, presste sie die Hand darauf und lief zum Bach, um sich den Mund auszuspülen. Zwei Zähne fielen heraus.

»Was? Nur zwei ...«, ächzte sie enttäuscht. Aber es waren zwei Vorderzähne, die oberen, und da sie nun fehlten, schien es Orin, als hätte sie gar keine Zähne mehr im Mund. Zufrieden mit sich, dachte sie: Haste gut gemacht! Sie wusste nicht, dass derweil Kesaki-chi, vom Reiswein schon völlig betrunken, auf dem Festplatz das Lied von den Teufelszähnen grölte ... Orin hatte jetzt zwar eine schöne Lücke, aber auch eine klaffende Wunde, aus der munter das Blut floss.

»Genug! Genug!« Mit den Händen schöpfte sie Wasser aus dem Bach und spülte sich wieder und wieder den Mund. Auch wenn es nicht aufhören wollte zu bluten, Orin war überglücklich, dass es ihr gelungen war, sich zwei Zähne auszuschlagen. Und das Hämmern mit dem Feuerstein hat sicher auch geholfen, dachte sie. Es war also nicht vergebens gewesen! Orin tauchte ihr Gesicht in den Bach, schlabberte das kalte Wasser und spuckte es wieder aus, so lange, bis das Blut endlich versiegte. Die Wunde spannte und brannte noch ein wenig, aber es machte ihr nichts aus. Unbedingt wollte sie Tamayan ihre neue Zahnreihe zeigen, und so ging sie zum Haus zurück. Tamayan war noch immer am Essen.

Orin setzte sich ihr gegenüber. »Lass dir Zeit«, sagte sie. »Iss, so viel du willst, nur zu! Gleich hol ich Tatsuhei.« Und dann: »Ich bin ja im Alter, wo man auf den Berg geht. Da hat man schlechte Zähne ...« Orin schob den Oberkiefer vor, biss sich auf die Unterlippe und zeigte ihre Lücke wie eine Trophäe. Jetzt ist alles vollbracht, dachte sie und wäre vor Freude am liebsten in die Luft gesprungen. Zielstrebig verließ sie das Haus Richtung Festplatz. Ihr Gang war voller Stolz, sie schämte sich nicht mehr.

Auf dem Festplatz stimmte Kesakichi einmal mehr das Lied von Orins Teufelszähnen an. Orin stand mit offenem Mund da. Die Wunde hatte wieder zu bluten begonnen, das Blut rann ihr über die Lippen. Sie achtete nicht auf das Lied. Tatsuhei zu suchen, war nur ein Vorwand gewesen, um allen Dörflern endlich ihre Zahnlücke zu zeigen. An nichts anderes dachte sie.

Als die versammelten Dörfler, Jung und Alt, Orin mit ihrem blutigen Mund sahen, schrien sie vor Schreck. Orin sah die erschrockenen Gesichter, schloss aber nicht etwa ihren Mund; sie begnügte sich auch nicht damit, den Oberkiefer über die Unterlippe zu schieben und so ihre Lücke zu zeigen, nein, sie reckte auch noch ihr blutüberströmtes Kinn in die Höhe, als wollte sie rufen: »Schaut her! Schaut her!« Es war ein entsetzlicher Anblick. Aber sie sah ihr eigenes Gesicht nicht und fragte sich verwirrt: Warum nur laufen alle weg?

»Hä-hä-häääh!« Ein leutseliges Lachen sollte die Dörfler beruhigen, aber es half wenig. Mit ihren Zähnen hatte Orin das Gegenteil von dem erreicht, was sie wollte.

Auch als das Fest vorbei war, redete man noch oft über die »alte Hexe von der Wurzelhütte«, wie die Dörfler Orin hinterrücks nannten, und die Kinder begannen wirklich zu glauben, sie sei eine leibhaftige böse Hexe. »Wenn die zubeißt, lässt sie dich nicht mehr los!« – »Die frisst dich auf, mit Haut und Haar!« Solche Sprüche machten sie.

Und wenn ein Kind heulte oder quengelte, sagte man zu ihm: »Ich bring dich ins Haus von Orinyan!«, damit es endlich Ruhe gab. Manche Kinder rannten kreischend davon, wenn Orin ihnen abends über den Weg lief. Natürlich wusste Orin inzwischen von jenem Lied über sie, und sie wusste auch, dass die Dörfler sie heimlich alte Hexe nannten.

Kaum war das Narayama-Fest vorbei, tanzten schon die Blätter im Wind. Fast winterkalte Tage folgten. Obwohl nun eine neue Braut im Haus war, wirkte Tatsuhei wieder oft gedankenverloren und lustlos.

Tamayan lebte noch keinen Monat bei Tatsuhei, da wuchs die Familie um eine weitere Frau. Eines Morgens hatte sich Matsuyan von der Teichhütte auf die Wurzel gesetzt, und zum Mittagsmahl saß sie schon mit der ganzen Familie am Tisch. Ihr Gesicht strahlte, als wäre sie im Paradies, als wäre Essen das höchste Glück auf Erden. Und sie aß reichlich. Schweigend saß sie neben Kesakichi und aß und aß. Auch beim Abendessen saßen sie nebeneinander. Mit ihren Stäbchen pikste Matsuyan Kesakichi in die Wange, scherzend und sich neckend unterhielten sie die ganze Tischrunde. Weder Orin noch Tatsuhei oder Tamayan störte das groß; aber Orin war verwirrt und auch peinlich berührt, weil sie Kesakichi nicht als Mann wahrgenommen hatte, der schon so erwachsen war.

Als die Zeit zum Schlafen kam, schlüpfte Matsuyan unter Kesakichis Decke. Beim Mittagsmahl hatte

Orin gleich bemerkt, dass Matsuyans Bauch runder war als normal. Sie musste mindestens im fünften Monat sein, dessen war sich Orin sicher. Dann wird das Kind also zu Neujahr kommen? Oder vielleicht gar noch in diesem Jahr? Orin war mit ihren Gedanken und Sorgen ganz allein. Wenn Matsuyan tatsächlich ein Kind gebar, dann würde auch Orin ein Mütterchen werden, das noch ein Mäuschen wiegt …

Am nächsten Tag, nachdem sie ihr Frühstück verschlungen hatte, ging Matsuyan hinaus und blieb auf der Wurzel vor der Hütte sitzen. Erst zur Mittagszeit kam sie herein, aß selig und setzte sich danach wieder auf die Wurzel.

Als sich der Tag gen Abend neigte, sagte Tamayan in unmissverständlichem Ton: »Matsuyan, mach Feuer im Herd!«

Matsuyan stellte sich so ungeschickt an, dass die Hütte im Nu voller Rauch war. Verängstigt begann die Kleinste der Familie zu weinen und zu husten. Tamayan und Orin rannten mit dem Kind ins Freie. Kurz darauf, sich die Augen reibend, kam auch Matsuyan heraus.

»Erwachsen ist sie nur in einem. Wenn's ums Feuermachen geht, ist sie noch 'n unbeholfenes Küken«, spottete Tamayan.

Orin überwand sich, ging in die verrauchte Hütte zurück und goss Wasser über das Feuer, bis es erlosch.

Dann entzündete sie es von Neuem. Bald knackte und knisterte es fröhlich. Die verrußten, nassen Reste von dem Holz, das nicht brennen wollte, warf Orin aus der Hütte.

»Ei was! Wie kannst du nur Zelkovenäste ins Feuer werfen!«, schimpfte Orin. »Matsuyan, dieses Holz darf man nicht verbrennen, das weiß doch jedes Kind! Wer Zelkovenholz verbrennt, dem tun drei Jahre lang die Augen weh. Hast du das nie gehört?« Und leiser, fast flüsternd fügte sie hinzu: »In meinem Alter, wenn die Augen schlecht werden, spielt das keine Rolle mehr. Aber bei euch, wenn ihr nicht aufpasst …«

»Anfeuern kannst du ja wohl nicht. Dann kümmere dich wenigstens um die Kleine«, sagte Tamayan zu Matsuyan und gab ihr das Mädchen auf den Rücken. Es weinte noch immer.

Mit dem Kind huckepack, begann Matsuyan zu singen und ihre Schultern immer heftiger hin und her zu bewegen: »Sechs Wurzeln, sechs Wurzeln, sechs Wurzeln, o je – «

Orin und Tamayan waren verblüfft. Dieses Lied wurde bei zwei Gelegenheiten gesungen: wenn man jemanden auf der Reise zum Narayama begleitete und wenn man ein weinendes Kind hütete. Sahen die Dörfler, wie man mit einem Kind auf dem Rücken »Sechs Wurzeln, sechs Wurzeln« sang, sagten sie:

»Die schüttelt die Geister« oder »Die schüttelt den Teufel«.

Sechs Wurzeln, sechs Wurzeln, sechs Wurzeln, o je
Kinderhüten scheint so leicht und ist so schwer
Es zerrt an der Schulter und brüllt aufm Rücken
O sechs Wurzeln, sechs Wurzeln, sechs Wurzeln, o je

Beim Wort »Wurzeln« schüttelte man jedes Mal die Schultern, um das Kind abzulenken. Weinte es dennoch weiter, schüttelte man die Schultern noch stärker und sang noch lauter, um das Schreien zu übertönen. Man hoffte, durch das Schütteln würde das schreiende Kind seinen Mund nicht offen halten können und verstummen. Tatsächlich aber quälte man das Kind durch dieses rabiate Schütteln geradezu, denn die heftigen Bewegungen versetzten dem Kind einen Stoß um den anderen.

Auch auf dem Weg zum Narayama kam es vor, dass derjenige, der einen alten Mann oder eine alte Frau auf dem Rücken trug, das Schüttellied sang. So etwa, wenn sich jemand im Herzen zu wenig auf die Reise vorbereitet hatte und sich jammernd gegen sein Schicksal sträubte oder weinte, weil sein Leben voller Gram und Groll gewesen war.

Matsuyan kannte das Lied nicht richtig, sie wiederholte immer nur »sechs Wurzeln, sechs Wurzeln«.

Eigentlich muss es heißen: »O sechs Wurzeln, wa-schen wir sie rein, waschen wir sie rein, die Wurzeln!« Körper und Geist sollen geläutert werden, um sich vom Übel und seinen karmischen Folgen zu befreien. Das Bon-Tanzlied und das Geister-Schüttellied hat-ten ursprünglich verschiedene Melodien, wurden aber oft nach der gleichen Melodie gesungen. Beide gehörten zu den Narayama-Liedern.

Während Matsuyan sang und sich schüttelte, be-gann das kleine Mädchen auf ihrem Rücken immer lauter zu schreien. Matsuyan ließ sich nicht beirren, schüttelte ihre Schultern noch stärker und sang:

Sechs Wurzeln, sechs Wurzeln, sechs Wurzeln, o je
Bölke nur, du Plagegeist, ich helf dir schon
Meine Ohren sind gefroren, hören tu ich nichts
O sechs Wurzeln, sechs Wurzeln, sechs Wurzeln, o je

»Bölken« heißt natürlich »schreien«, und mit »hel-fen« ist »zwicken« gemeint. Das Lied will also zum Ausdruck bringen, dass einen das Gebrüll des Kin-des kaltlässt und man, wie zum Beweis, gar mit Zwi-cken und Zwacken droht, damit es noch lauter brüllt. Solch ein Lied ist das!

Orin hatte das Schüttellied beim Kinderhüten ihr ganzes Leben lang noch nie gesungen, kein einzi-ges Mal. Matsuyan hingegen, die erst seit gestern im

Haus war, sang es schon heute ... Was musste sie für ein liebloser Mensch sein! Orin und Tamayan waren erschüttert.

Das Kind schrie jetzt wie am Spieß. Tamayan konnte den Anblick nicht länger ertragen, lief zu Matsuyan und nahm das Kind in ihre Arme. Doch es hörte nicht auf zu schreien. Tamayan schwante etwas. »Sie hat doch nicht etwa ...?« Orin half ihr, den Hintern des Mädchens frei zu machen, und siehe da: Auf den Pobacken waren vier blaue Flecken – Zwickspuren. Orin und Tamayan sahen einander sprachlos an.

Seit Matsuyan in der Wurzelhütte wohnte, war Kesakichi ruhiger geworden. Unflätige Bemerkungen gegenüber Orin vermied er. Dafür fragte er beim Essen immer wieder: »Sag mal, Oma, wann gehst du nun auf den Berg?«

»Sobald es Neujahr geworden ist.« Sie lächelte bitter. Wie oft hatte er sie das schon gefragt!

»Früher wär aber besser, je früher, desto ...«, sagte Kesakichi schnell, als hätte er auf die Gelegenheit gewartet.

»Später wär aber besser, je später, desto ...«, äffte Tamayan ihn nach und hielt sich den Bauch vor Lachen. Orin grinste.

Da jetzt zwei Frauen mehr in der Familie waren, wusste die sonst arbeitsame, zupackende Orin bald nicht mehr, was sie mit ihrer Zeit und ihren Händen anfangen sollte. Matsuyan zeigte sich ab und zu von ihrer nützlichen Seite und half mit, während Orin sich fürchterlich langweilte. Das Gefühl, nicht gebraucht zu werden, machte sie unzufrieden und traurig. Aber ein Ziel hatte sie felsenfest vor Augen: die Reise zum Narayama. Unaufhörlich kreisten ihre Gedanken darum, und sie malte sich aus, was an dem Tag alles geschehen würde. Sogar alte Hexe hat man mich geschimpft, dachte Orin empört, aber wenn's so weit ist, werdet ihr schon sehen! Dass ich 'ne ganz andere bin als dieser Matayan vom Münzlager! Wenn ich auf den Berg gehe, wird's ein Festessen geben. Heimlich hab ich vorgesorgt, damit sich die Familie den Bauch mit Heiligem Weißem Buschklee, Shiitake und getrockneten Saiblingen vollschlagen kann. Auch das Wässerchen für die Dörfler ist schon gebraut, fast ein ganzes Fässchen, und niemand weiß davon … Wenn ich gegangen bin, werden sich bestimmt alle aufs Essen stürzen. Ich seh's vor mir, wie sie schmatzen und schmausen und einander zuraunen: »Dass die Oma so viel …« Da werde ich schon auf dem Berg sein und mit reinem Herzen auf meiner Strohmatte sitzen.

Orin dachte nur noch an ihre Reise zum Narayama.

Eines frühen Morgens, nachdem es am Tag davor und auch die ganze Nacht hindurch heftig gestürmt hatte, ertönte plötzlich ein sonderbares Geheul: »Buße vor dem ehrenwerten Narayama!«

Aus allen Richtungen hörte man die Dörfler lärmen. Orin kroch unter ihrer Decke hervor und eilte rasch vor die Hütte. Trotz ihres Alters packte sie einen Stecken. Jetzt kam auch Tamayan heraus. Sie hatte sich das jüngste Kind fest auf den Rücken gebunden und hielt bereits einen dicken Stock in der Hand.

»Wo ist es?«, rief Orin erregt.

Tamayan, kreidebleich, verlor keine Zeit mit einer Antwort und eilte davon. Die anderen der Familie waren schon längst weg.

Der Dieb war der Herr der Regenhütte. Er war heimlich zu seinem Nachbarn geschlichen und hatte einen Strohsack mit Erbsen stehlen wollen, als er auf frischer Tat ertappt wurde. Die Leute von der Feuerfichte fackelten nicht lange und prügelten ihn halb tot.

Nahrungsmittel zu stehlen war das schlimmste, schändlichste Verbrechen und wurde mit der schwersten aller Strafen geahndet, der »Buße vor dem ehrenwerten Narayama«. Man nahm der Sippe des Schuldigen sämtliche Vorräte weg und teilte sie unter den Dörflern auf, was regelmäßig in handfeste Streitereien ausartete. Wer nicht schnell genug war und bereit zu kämpfen, bekam nichts. Da alle wussten, dass es zu Schlägereien kommen würde, musste man barfuß kommen. Wer sich nicht daran hielt und in Sandalen erschien, wurde seinerseits verprügelt. Auch diejenigen, die ihren Teil von den Vorräten haben wollten, kämpften um Leben und Tod. Wie schwer das Verbrechen wog, Nahrungsmittel zu stehlen, und was für Folgen es hatte, saß jedem Dörfler tief in den Knochen.

Der Herr der Regenhütte war so verprügelt worden, dass er sich kaum mehr bewegen konnte. Auf Schultern wurde er zum Festplatz gebracht, wo die ganze Sippe der Regenhütte sich neben ihren grün und blau geschlagenen Herrn setzen musste. Vor aller Augen hockten sie da, alle zwölf, und heulten und jammerten in einem fort. Derweil wurde die Regenhütte von rabiaten Kerlen bis in den letzten Winkel nach Essbarem durchstöbert – eine sogenannte »Haussuchung«. Was sie nur finden konnten, warfen sie hinaus. Und was sie alles fanden! Die Dörfler machten große Augen. Im Hohlraum unter den Dielen der Veranda kam nach und nach ein ganzer Berg von Kartoffeln zum Vorschein, ein Berg, der fast bis zum Dach reichte. So viele Kartoffeln hatte die Regenhütte unmöglich geerntet. Um Kartoffeln ernten zu können, muss man Saatkartoffeln stecken. Da aber auch Saatkartoffeln essbar sind, blieben in keiner Familie viele übrig, wenn der lange Winter vorbei war. Außerdem wusste jede Familie ziemlich genau, wie viele Kartoffeln die anderen hatten, und es war ausgeschlossen, dass die Regenhütte auch nur ein Zehntel von dem riesigen Berg hatte ernten können. Zweifellos musste der Großteil dieser Kartoffeln von den Äckern der anderen Familien gestohlen worden sein.

Die Sippe der Regenhütte war nun schon zum zweiten Mal genötigt, Buße vor dem ehrenwerten Narayama abzulegen. Ihre Vorfahren hatten sich in einem harten Winter angeblich nur von wilden Wurzeln ernährt – allerdings so gut, dass der Verdacht aufkam, sie müssten irgendwo in den Bergen Nahrungsmittel versteckt haben. Und so war es tatsächlich.

»Die Regenhütte ist eine Räuberbande, denen liegt das Stehlen im Blut. Solange man diese Läuse nicht bis zur letzten Brut ausrottet, kann man nachts nicht ruhig schlafen!«, zischelten sich die Dörfler zu.

An dem Tag arbeitete niemand mehr. Alle waren aufgebracht, konnten sich nicht beruhigen.

In Orins Hütte herrschte Ratlosigkeit. Tatsuhei hatte die Beine ausgestreckt und stützte den Kopf in die Hände. Wie werden wir den Winter überstehen?, fragte er sich. Das Schicksal der Familie von der Regenhütte ließ ihn nicht kalt. Es konnte genauso gut seine eigene Familie treffen. Die Ereignisse um die Regenhütte hatten ihm das klar vor Augen geführt. Dort waren sie zwölf, bei ihm nur acht, doch es waren viele hungrige Mäuler dabei, und so lebten sie mit der gleichen Not wie die Familie der Regenhütte. Die anderen zu bestehlen war für Tatsuhei aber undenkbar, ganz und gar undenkbar.

Orin kauerte neben Tatsuhei. Auch ihr bereitete der Winter große Sorgen. Durch den Winter zu kommen war schon immer eine Herausforderung gewesen, doch dieses Jahr war nicht nur die Familie gewachsen; auch die Kinder waren gewachsen. Jetzt wird's noch schwieriger, dachte sie. Vor allem wegen dieser Matsuyan. Schlimm, wie die futtert … Die ist nicht zu uns gekommen, weil sie Kesakichis Frau werden wollte; die hat man aus dem Haus gejagt! Dessen war sich Orin sicher. Matsuyan war zwar eine Frau, aß aber wie ein Bär. Und das Schlimmste: Sie schien sich keinerlei Gedanken darüber zu machen, wie das Essen für den nächsten Tag auf den Tisch kommen würde. Es kümmerte sie nicht.

Einmal, als Bohnen im Topf kochten, behauptete sie: »Wenn man kochende Bohnen isst, werden es immer mehr. So heißt es doch, oder?« Sie hörte gar nicht mehr auf, sich Bohnen ins Maul zu stopfen. Orin und Tamayan konnten es nicht fassen. Sie meinte wohl auch noch, es sei zu wenig Wasser im Topf!

Tatsuhei antwortete spöttisch: »Matsuyan. Wenn es immer mehr werden, dann musst du immer weiteressen. Sonst sind bald keine mehr da!«

Doch Matsuyan verstand nicht oder wollte nicht verstehen. »Was? Wirklich?«, fragte sie entgeistert, und ihr Blick verdüsterte sich.

»Kesakichi! Hau deiner Matsuyan eine runter!«, erwiderte Tatsuhei.

Erst da besann sich Matsuyan und hörte auf, von den Bohnen zu essen.

Tatsuhei und Orin dachten beide an den Winter, aber auch Tamayan sorgte sich.

»Bei uns wird rücksichtslos gehamstert. So kann es nicht weitergehen. Wenn wir unsere Vorräte nicht besser aufteilen, dann ...«

»Heute hab aber ich gute Arbeit geleistet!«, sagte Kesakichi voller Stolz.

Das stimmte. Der Tumult am Morgen hatte sich ausbezahlt. Als das Lärmen losging, war Kesakichi als Erster der Familie auf den Beinen, und er war auch einer von denen, die die Regenhütte durchwühlten. So brachte er eine ganze Menge beschlagnahmter Kartoffeln nach Hause.

Matsuyan, die danebensaß, sah mit ihrem dicken, runden Bauch aus wie ein Frosch. Auch sie wirkte angespannt.

Plötzlich, als sei ihr etwas eingefallen, ging Tamayan in den Schuppen und kam mit dem Mühlstein unter dem Arm zurück. Dann begann sie, Bohnen zu mahlen. Es röllte und rebbelte zwischen den Steinen, gelbes Mehl fiel über den Rand. Kesakichi schaute verträumt zu und fing auf einmal an zu singen:

Willst du Bohnen kaun, dann lull sie alle ein
Das Väterchen, blind wie's ist, kann's nicht sehn

»Einlullen« bedeutete in diesem Lied »einweichen«. Aß man heimlich Bohnen, ob roh oder geröstet, verriet einen sofort das Knacken und Krachen, selbst wenn die Eltern blind waren. Die Bohnen müssen im Wasser also erst weich werden, lehrte das Lied, bevor man unbemerkt davon stibitzen kann. Und »blind« hieß nicht unbedingt »vollkommen blind«, es bedeutete nur, dass die Alten schlecht sehen und es nicht merken, wenn die stets von Hunger geplagten Jungen das zu ihrem Vorteil nutzen.

»Ist ja unglaublich!« Die Tür wurde aufgestoßen, und herein trat der Spross vom Münzlager. Mit »unglaublich« wollte er zum Ausdruck bringen, wie unfassbar dreist die Familie der Regenhütte gewesen war. Noch immer war er ganz entrüstet über die abscheuliche Tat. »Guckt euch das an! Diese Kartoffeln sind alle noch klein!« Für ihn war der Fall klar. »Hat mich doch verwundert, wie mickrig meine Ernte war ... Aber natürlich! Wenn einem die Kartoffeln aus dem Acker gebuddelt werden ... Das hier ist nicht mein ›Anteil‹; ich hab nur zurückbekommen, was von Anfang an meins war, und längst nicht alles! Frechheit!«

Tatsuhei dachte genauso. Alle Familien hatten weniger zurückbekommen, als ihnen gestohlen worden war.

Der Spross vom Münzlager war noch nicht fertig. »Ich finde, das muss gerächt werden. Sobald es dunkel ist, kommt das Pack von der Regenhütte todsicher wieder und raubt uns aus. He, was meint ihr? Wir müssen was unternehmen, und zwar schnell! Sonst kann man nicht schlafen und findet keine Ruhe. Die Bande muss ausgerottet werden, und zwar gründlich!«

Tatsuhei wiegte den Kopf. »Aber du weißt schon, es sind zwölf. Wenn man die alle ausrotten wollte …«

»Ihr Pflaumen, wir graben einfach ein großes Loch, schmeißen sie rein und Erde drüber, fertig«, witzelte Kesakichi.

Tamayan hielt mit Mahlen inne. »Brrr, so viele auf einem Haufen, in so 'nem riesen Loch … Wo sollte man das denn graben?«

Der Spross vom Münzlager war gereizt: »He, ich meine es ernst! Keiner arbeitet mehr, weil alle sich den Kopf zerbrechen über die Regenhütte.«

Als er verärgert die Tür aufstieß, war von draußen lautes KRAH! KRAH! zu hören.

»Na, wenn man nichts als solches Zeug daherredet – kein Wunder, kreischen die Krähen«, sagte Orin.

Der Spross vom Münzlager schaute über die Schultern zurück. »Möglich, dass es heute Abend noch 'n Begräbnis gibt!« Mit diesen Worten ging er hinaus.

Beim Hinterberg befand sich das Gräberfeld des Dorfes. Wenn jemand jung starb, opferte man auch in einem armen Dorf wie diesem eine Schale Heiligen Weißen Buschklee. Da die Opfergaben von den Krähen im Nu weggefressen wurden, waren die Dörfler überzeugt, dass die Krähen sich über Begräbnisse freuten; dass sie diese mit einem magischen siebten Sinn sogar vorausahnten und das Krächzen Zeichen ihrer Vorfreude war.

Nachdem der Spross vom Münzhaus gegangen war, verfielen alle wieder in brütendes Schweigen. Bei der Mordlust, die im Dorf zu spüren war, konnte es gut sein, dass die Regenhütte von nun an Nacht für Nacht Besuch bekam und einer nach dem anderen verschwände. Der Gedanke daran war beklemmend. Sogar der Mühlstein, den Tamayan drehte, schien in der Stille unheimlich zu rumoren.

Plötzlich sagte Tatsuhei, der sich hingelegt hatte: »Mama, nächstes Jahr gehst du also wirklich auf den Berg ...«

Orin atmete erleichtert auf. Endlich bereitete auch er sich innerlich vor. Das beruhigte sie. »Meine Mutter im anderen Dorf ist auf den Berg gegangen, und die Schwiegermutter dieses Hauses ist auch auf den Berg gegangen. Und jetzt bin ich an der Reihe«, antwortete Orin, ohne auch nur einen Moment zu zögern.

Tamayan hielt wieder mit Mahlen inne. »Ach nein. Wenn das Mäuschen geboren ist, geh ich zum Hinterberg und lass es dort in einem Graben liegen. Niemand wird Orin verspotten, wie's der Alten von der Eibenhütte passiert ist. Macht euch keine Gedanken.«

Wie um sich zu beweisen, sagte Kesakichi voller Eifer: »Ihr Pflaumen, *ich* mach das. Ich schaff es weg, ratzfatz!«

Mit »ratzfatz« meinte er, dass er es sofort, ohne mit der Wimper zu zucken, erledigen würde.

Er blickte zu Matsuyan. »Na, wir haben doch gesagt, dass ich's wegschaff, oder nich'?«

»Aber ja, ich hab sogar drum gebettelt!«

Alle schauten auf Matsuyans prallen Bauch. Tamayan drehte den Mahlstein. Es röllte und rebbelte immerfort, wie ein Gewitter, das in der Ferne grollt. Alle schwiegen. Da begann Kesakichi mit lauter Stimme zu singen. Die Kutte über dem Hintern hochgerafft und die Ärmel bis zu den Schultern hochgekrempelt, saß er im Schneidersitz da und sang:

O Väterchen, komm heraus und schau
Wie verrückt sie wachsen, die kahlen Bäume
Komm, schultern wir die Trage, es ist Zeit zu gehn

In letzter Zeit war Kesakichis Gesang immer besser geworden. Orin fand die Art und Weise, wie Kesakichi seine Lieder vortrug, sogar richtig gut. Doch was er soeben gesungen hatte, war die wirre Version eines alten Liedes, das zu Orins Leid immer mehr verwilderte.

»Kesa, so'n Lied gibt's gar nicht!«, belehrte sie ihn. »Es muss heißen: ›Der Wald brennt, er brennt lichterloh – O die toten Bäume, wie schnell sie sich vermehrn.‹«

»Der Spross vom Münzlager hat es aber so gesungen!«

»Blödsinn! Früher gab's mal einen Waldbrand. Da sind alle auf den Berg gegangen. Darum geht's im Lied, richtig, Tatsuhei?«

Tatsuhei lag auf dem Rücken. Ein Putzlappen bedeckte seine Stirn bis an die Augen.

Orin schielte zu ihm hinüber, betrachtete sein Gesicht. Auf einmal tat er ihr leid. Den Winter zu überstehen war eine Bürde, ebenso wie jemanden auf den Narayama zu begleiten. Tatsuhei hatte vorhin gesagt: »Nächstes Jahr gehst du wirklich auf den Berg …« Er hatte sich wohl schon die ganze Zeit damit beschäftigt, der Arme.

53

Orin rutschte zu Tatsuhei hin und nahm ihm den Putzlappen sachte von der Stirn. Tatsuheis Augen schienen zu glänzen. Sofort wich sie zurück und rutschte an ihren vorigen Platz. Seine Augen glänzen – o je, das werden doch nicht etwa Tränen sein?, dachte sie. Wenn er so schwache Nerven hat, kommen wir nicht weit. Solange ich noch lebe, muss ich gut aufpassen, sagte sich Orin und beobachtete Tatsuhei argwöhnisch von der Seite her.

Das Mahlgeräusch verstummte. Tamayan huschte nach draußen und wusch sich im nahen Bach das Gesicht. Das hatte sie vorher schon einmal getan.

Ei was, weinte die etwa auch? Orin war bestürzt. Du meine Güte! Wenn die auch so mutlos ist, dann sind wir auf einem schlechten Weg … Tatsuhei, dieser Weichling, soll sich mal zusammenreißen. Solche Leute machen einem nur Sorgen!

Kesakichi fing wieder an zu singen:

Der Wald brennt, er brennt lichterloh
O die toten Bäume, wie schnell sie sich vermehrn
Komm, schultern wir die Trage, es ist Zeit zu gehn

Diesmal hatte er alles richtig gesungen. Auch die Schattierungen der Melodie waren gelungen. Die Stelle, an der es heißt: »O die toten Bäume, wie schnell sie sich vermehrn«, musste wie ein Pilgerlied oder eine traurige, schmerzvolle Ballade klingen, und Kesakichi sang sie so schön und rein, dass man hätte weinen können.

Als die Melodie mit den letzten Worten »Komm, schultern wir die Trage, es ist Zeit zu gehn« verklungen war, rief Orin überwältigt: »O wie wunderbar!«

Drei Tage vergingen, da war spät am Abend plötzlich das Getrappel hektischer, aufgeregter Schritte zu hören, die an Orins Hütte vorüberhasteten und in Richtung des Hinterbergs entschwanden. Am nächsten Morgen verbreitete sich wie ein Lauffeuer die Nachricht, dass die ganze Sippe aus der Regenhütte verschwunden sei.

»Reden wir jetzt nicht mehr über diese Geschichte, einverstanden?«

So beschlossen es die Dörfler, und von da an hörte man von niemandem mehr auch nur ein einziges Wort darüber.

Mit dem zwölften Monat brach der strenge Winter an. Wie der Mondkalender es verhieß, wurde es um die Monatsmitte herum bitterkalt.

»Die Schneewürmchen sind da! Sie schwirren überall herum!«, riefen die Kinder aufgeregt.

»Ei, dann wird es sicher schneien, wenn ich auf den Berg geh!«, meinte Orin im Brustton der Überzeugung.

Schneewürmchen sind kleine weiße Käfer, die fliegen können. Die Dörfler glaubten, dass bald der erste Schnee falle, wenn die Käfer in der Luft zu tanzen beginnen.

Matsuyans Bauch war kugelrund. So wie sie nach Atem rang und sich bewegte, würde es bis zur Geburt nicht mehr lange dauern, daran zweifelte niemand.

Neujahr kam näher, nur noch vier Tage. Orin wartete schon seit dem frühen Morgen darauf, dass Tatsuhei aufstand. Als es endlich so weit war, zog sie ihn am Ärmel nach draußen und flüsterte ihm ins Ohr: »Heute Abend sollen alle kommen, die auf dem Berg gewesen sind. Geh und sag ihnen Bescheid!«

Orin hatte sich entschieden, am nächsten Tag die Reise zum Narayama anzutreten. Darum wollte sie an diesem Abend die Dörfler zum Abschiedstrunk einladen.

»Es ist noch zu früh. Du musst doch erst im neuen Jahr gehen!« Tatsuhei war ganz durcheinander. Er hatte gedacht, sie würden sich irgendwann nach Neujahr auf den Weg machen.

»Blödsinn, ein wenig früher kann nicht schaden. Wenn ich schon geh, dann früh genug. Bevor das Mäuschen zur Welt kommt …«

Tatsuhei spürte, wie sich alles in ihm dagegen sträubte, doch er schwieg.

»Geh schnell und gib allen Bescheid! Sonst sind sie weg, auf dem Berg oder wo auch immer sie arbeiten.«

Die Art und Weise, wie sie das sagte, duldete keinen Widerspruch. Tatsuhei gehorchte. Sie rief ihm noch nach: »Hast du auch verstanden? Wenn du es ihnen nicht sagst, geh ich morgen alleine auf den Berg!«

Es war Brauch, am Vorabend der großen Reise einen Abschiedstrunk zu reichen, ausschließlich für Dörfler, die den Weg schon einmal auf sich genommen hatten. Reiswein schlürfend, weihen sie den noch unerfahrenen Begleiter in all jene Dinge ein, die für den Gang auf den Berg wichtig sind, und nehmen ihm ein Gelübde ab. Die Anweisungen und Erklärungen folgen einem bestimmten Ritual.

In Orins Hütte versammelten sich sieben Männer und eine Frau. Die Frau war im vorigen Jahr als Begleiterin mitgegangen. Dass eine Frau diese Rolle übernahm, kam äußerst selten vor. Gab es in einer Familie keinen Begleiter, bat man jemanden von außen um Hilfe, in der Regel Männer.

Unter den Eingeladenen war derjenige, der vor allen anderen auf dem Berg gewesen war, der Ranghöchste, und durfte als Erster sprechen. Als Oberhaupt der Versammlung hatte sein Wort am meisten Gewicht. Auf die seine folgten die Reden der anderen, in der Reihenfolge, in der sie auf dem Berg gewesen waren.

Das Oberhaupt war diesmal ein Mann um die fünfzig mit dem Spitznamen »Tollpatsch Teruyan«. Teruyan war aber gar kein Tollpatsch, sondern ein Schlitzohr. Der Name war an ihm hängen geblieben, weil einer seiner Vorfahren furchtbar verträumt und ungeschickt gewesen sein soll. Über Generationen hinweg hatte sich der Spitzname weitervererbt und gehörte so selbstverständlich zu Teruyan und seiner Familie wie der Schnee zum Winter.

Obwohl Orin und Tatsuhei Gastgeber waren, knieten sie auf dem Ehrenplatz vorn in der Mitte. Links und rechts von ihnen hatten der Rangfolge nach die Gäste Platz genommen. Vor Orin und Tatsuhei stand ein großer Krug. Darin war der milchig trübe Trank, den sie heimlich für diesen Anlass aus Heiligem Weißem Buschklee gebraut hatte, fast ein ganzes Fässchen.

Teruyan wandte sich Orin und Tatsuhei zu und neigte mit ernster Miene sein Haupt, worauf sich auch die anderen verneigten. Dann begann Teruyan, an Tatsuhei gerichtet, feierlich zu sprechen.

»Herr, es wird eine beschwerliche Reise sein, aber wir danken für Eure Müh!«

Orin und Tatsuhei durften nichts sagen, nur still zuhören.

Nachdem Teruyan gesprochen hatte, nahm er den Krug, führte ihn zum Mund und trank in langen Zügen, so viel er konnte. Dann reichte er den Krug seinem Nachbarn weiter. Auch der trank, so viel er nur konnte, und reichte den Krug an den nächsten weiter. Der letzte Gast stellte nach dem Trinken den Krug wieder vor Teruyan ab.

Nun wandte sich Teruyan an Orin. Seine Stimme klang, als läse er aus einem Buch.

»Die folgende erste Regel muss auf der Reise zum Berg unbedingt eingehalten werden: Unterwegs nicht sprechen.«

Als er das gesagt hatte, führte er abermals den Krug zum Mund, trank in langen Zügen und reichte den Krug weiter.

Orin und Tatsuhei kannten schon längst alle Anweisungen. Die Dörfler erzählten sie einander, und so wusste man genau, was einen erwartete. Aber es war Brauch, sich alles bei einer feierlichen Zeremonie anzuhören und vor den Gästen ein Gelübde abzulegen. So lauschten Orin und Tatsuhei mit größter Aufmerksamkeit.

Am Ende der zweiten Runde wurde der Krug vor den Gast neben Teruyan gestellt. Im gleichen Ton wie Teruyan deklamierte er: »Die folgende zweite Regel muss auf der Reise zum Berg unbedingt eingehalten werden: Beim Aufbruch von zu Hause darf euch niemand sehen.«

Als er das gesagt hatte, führte er den Krug zum Mund und trank in langen Zügen. Der Krug machte erneut die Runde und wurde dann vor den dritten Gast gestellt. Auch der sprach im gleichen Ton wie Teruyan: »Die folgende dritte Regel muss auf der Reise zum Berg unbedingt eingehalten werden: Bei der Rückkehr unter keinen Umständen zurückblicken.«

Als er das gesagt hatte, führte er wie die vorigen den Krug zum Mund und trank in langen Zügen. Der Krug machte wieder die Runde und wurde dann vor den vierten Gast gestellt. Damit war das Aufzählen der Regeln beendet. Der vierte Gast beschrieb nun den Weg, der zum Narayama führte.

»Folgt man dem Saum des Hinterbergs bis zum nächsten Berg, geht unter den Stechpalmen hindurch, dann bis zum dritten Berg und erklimmt diesen, gelangt man zu einem kleinen See. Man umrundet ihn drei Mal, und da, wo die Steinstufen sind, führt ein Pfad auf den vierten Berg. Ist man oben auf dem Gipfel, zeigt er sich endlich auf der anderen Seite des Tals – der Heilige Narayama. Das tiefe Tal zu eurer Rechten geht es weiter, vorbei am Berg zu eurer Linken. Bis zur anderen Talseite sind es zweieinhalb Ri. Auf dem Weg dorthin windet sich der Pfad sieben Mal. Das ist, wie wir sagen, die Gegend der Sieben Täler. Hat man die Sieben Täler durchwandert, führt der Weg direkt zum Heiligen Narayama. Am Narayama gibt es einen Weg und doch keinen Weg. Man kraxelt im Eichenwald zwischen den Bäumen hindurch, immer höher und höher, und oben erwartet er euch dann – der Gott.«

Als er gesprochen hatte, ging der Krug noch einmal herum. Damit fand die Zeremonie ihr Ende. Was gesagt werden musste, war gesagt. Das bedeutete: Niemand durfte mehr sprechen, auch jene Gäste nicht, die noch nichts gesagt hatten. Schweigend wurde der Krug herumgereicht und bis zum letzten Tropfen ausgetrunken. Nachdem alle so viel getrunken hatten, wie sie konnten, schlichen sie sich auf leisen Sohlen davon.

Nur Teruyan, der erst als Letzter gehen durfte, blieb zurück. Er erhob sich und gab Tatsuhei einen Wink, ihm nach draußen zu folgen. Mit gedämpfter Stimme sagte er: »Hör mal ... Wenn es dir zu mühsam ist, brauchst du nicht auf den Berg zu gehen. Bis zu den Sieben Tälern, das reicht schon. Dort kannst du wieder umkehren.« Obwohl niemand in der Nähe war, äugte er ängstlich in die Nacht hinaus.

Was sagt der da Komisches?, dachte Tatsuhei. Eine solche Dummheit kam für ihn überhaupt nicht infrage, denn Orin wollte ihre Aufgabe redlich und mit reinem Herzen erfüllen.

»Natürlich darf es keiner hören, aber du musst auch das wissen. Drum sag ich's dir, nur für den Fall«, fügte Teruyan zwinkernd hinzu und ging.

Als alle weg waren, verkrochen sich Orin und Tatsuhei in ihr Nachtlager. Aber am letzten Abend vor ihrer großen Reise dachte Orin gar nicht an Schlaf.

Es war schon spätnachts, vielleicht um die Geisterstunde herum, als Orin draußen jemanden weinen hörte. Es musste ein Mann sein. Das Weinen wurde lauter und lauter, kam näher und näher, bis vor die Hütte, und auf einmal, als wollte es das Geheul ersticken, hörte Orin auch jenes Schüttellied:

Sechs Wurzeln, sechs Wurzeln, sechs Wurzeln, o je
Der Weg scheint so leicht und ist doch so schwer
Es zerrt an der Schulter die lästige Last, o weh
O sechs Wurzeln, waschen wir sie rein, waschen wir
sie rein, die Wurzeln!

Orin streckte den Kopf unter der Decke hervor und spitzte die Ohren. Wer da so heulte und jammerte, das war Matayan vom Münzlager! Ach, dieser Trottel, dachte Orin einmal mehr.

Kurz darauf hörte sie Schritte, dann ein Kratzen von Nägeln an der Tür.

»Was soll das jetzt?« Ohne zu zögern, erhob sie sich, ging zur Veranda und schob dort, wo das Kratzen zu hören war, den Fensterladen auf. Draußen schien hell der Mond – und da sah sie ihn, Matayan, wie er mit eingezogenem Kopf und am ganzen Leib zitternd vor der Tür kauerte.

In dem Augenblick rannte jemand wie wild auf den Alten zu. Es war Matayans Spross. Einen Strohstrick umklammernd, blieb er vor Matayan stehen und starrte ihn böse an.

»Tatsuhei! Tatsuhei!«, rief Orin.

Auch Tatsuhei schien nicht geschlafen zu haben, denn er war sofort an ihrer Seite. Tatsuhei blickte zum Spross vom Münzlager und bemerkte den Strick in dessen Hand. »Was ist denn los hier?«, fragte er.

»Er hat den Strick durchgebissen und ist abgehauen!« Der Spross starrte seinen Vater Matayan noch immer böse an.

So ein Trottel!, dachte Tatsuhei. Er staunte über die Rohheit des Sprosses vom Münzlager.

So ein Trottel!, dachte Orin und musterte Matayan ungläubig. In einem Lied aus alter Zeit heißt es:

Wer nicht hören will, den muss man schütteln
So schüttelt einer, und der andre wird geschüttelt
Doch reißt der Strick, reißt auch das Band, das sie
    bindet

Wenn man so geschüttelt wird, dass der Strick reißt – nicht gut; aber wenn einer den Strick durchbeißt – ei, dann ist's noch schlimmer als im Lied, dachte Orin und redete Matayan ordentlich ins Gewissen: »Matayan, dass man dir das Schüttellied singen muss, ist eine Schande. Wenn schon in dieser Welt das Band zu deinem Sohn oder gar zum Gott auf dem Berg reißt, was soll dann aus dir werden? Hm?«

Orin meinte es gut. Sie sagte nichts anderes als das, was ihr richtig schien und woran sie aus tiefstem Herzen glaubte.

»Lassen wir's für heute gut sein«, sagte Tatsuhei, nahm Matayan auf den Rücken und buckelte ihn zum Münzlager zurück.

In der Nacht darauf war es so weit: Orin brach zu ihrer großen Reise auf. Allerdings musste sie den widerwilligen, zaudernden Tatsuhei erst ermuntern und mehrmals ermahnen, bis er sich endlich bereit machte.

Am frühen Abend hatte sie noch den Heiligen Weißen Buschklee gewaschen, über den sich am nächsten Tag die ganze Familie freuen würde, und Tamayan genau beschrieben, wo sie viele Shiitake finden und Saiblinge würde fangen können. Nachdem es im Haus still geworden war und sie sich vergewissert hatte, dass alle schliefen, ging Orin zur rückseitigen Veranda und schob sacht einen Fensterladen auf. Dann stieg sie auf das Brett der Rückentrage, die Tatsuhei geschultert hatte. Kein Wind blies in dieser Nacht, aber es war bitter kalt und stockfinster, weil der Mond sich hinter dicken Wolken versteckte. Tappend wie ein Blinder, machte sich Tatsuhei langsam auf den Weg.

Kaum waren Orin und Tatsuhei fort, kroch Tamayan unter ihrer Decke hervor, stieß die Tür auf und trat hinaus. Eine Hand auf den Wurzelstock gestützt, spähte sie in die Dunkelheit. Regungslos schaute sie den beiden nach, nur noch Schemen in der Nacht.

Tatsuhei folgte dem Saum des Hinterbergs und kam zu den Stechpalmen, deren Zweige so üppig wuchsen, dass sie einen dichten Schirm bildeten. Als Tatsuhei unter dem Schirm hindurchging, fühlte er sich beklommen, wie in einem düsteren, fremden Haus.

Bis zu den Stechpalmen hatte Tatsuhei den Weg gekannt, er war schon öfter hier gewesen, aber von alters her durften nur jene hinter den Stechpalmen weitergehen, die auf der Reise zum Narayama waren. Normalerweise nahm er den Weg, der links oder rechts an den Stechpalmen vorbeiführte und dann abzweigte, aber jetzt ging Tatsuhei geradeaus.

Er folgte dem Saum des zweiten Berges bis zum dritten Berg, erklomm den Berg und sah den kleinen See vor sich. Am Himmel verriet ein schwaches Schimmern, dass die Morgendämmerung nahte. Als er den See drei Mal umrundet hatte, war der Himmel schon deutlich heller. Tatsuhei entdeckte die drei Steinstufen und begann, den steilen Pfad hinaufzusteigen. Der Berg war recht hoch, und kurz vor dem Gipfel wurde der Pfad sogar noch steiler.

Oben angelangt, ließ Tatsuhei seinen Blick schweifen. Auf der anderen Seite sah er den Narayama, und ihm war, als würde der Berg auf sie warten. Aber zwischen ihnen und dem Narayama lag ein Tal so tief, dass man hätte glauben können, es reiche hinab bis in die Hölle. Ein wenig unterhalb des Gipfels führte der Weg über einen Steilhang. Rechts klaffte der Abgrund, links ragten riesige Felszacken in die Höhe. Von vier Bergen umgeben, erschien das Tal wie ein gieriger Rachen, der alles zu verschlingen drohte, doch Tatsuhei ging beharrlich und mit festen Schritten weiter. Man hatte ihm gesagt, es seien zweieinhalb Ri bis zur anderen Seite, aber je näher sie dem Narayama kamen, desto mehr konzentrierte er sich nur noch darauf voranzukommen, Schritt für Schritt, Schritt für Schritt. Seit er den Narayama gesehen hatte, fühlte sich Tatsuhei, als wäre er Diener des dort wohnenden Gottes geworden, als würde er nur weitergehen, weil der Gott ihm befohlen hatte: Weiter! Geh weiter!

So kam er zu den Sieben Tälern. Schaute er dann und wann auf, schien der Narayama zum Greifen nah vor ihm zu thronen. Nach den Sieben Tälern, die zu durchwandern seien, gebe es einen Weg und doch keinen Weg, war ihm gesagt worden. Also suchte Tatsuhei erst gar nicht, sondern kletterte einfach immer höher und höher. Eichen umgaben ihn, nichts als Eichen. Endlich sind wir angekommen, dachte

Tatsuhei und nahm sich fest entschlossen vor, jetzt nichts mehr zu sagen. Unterwegs hatte er Orin ein paarmal angesprochen, aber sie war stumm geblieben, den ganzen Weg.

Wie hoch er auch stieg, überall standen nur Eichen. Schließlich kam er an eine Stelle, die aussah wie die Kuppe des Berges. Große Felsbrocken lagen dort. Als er weitergehen wollte, bemerkte er etwas im Schatten eines Felsens. Tatsuhei zuckte zusammen und wich unwillkürlich zurück. Was sich mit gekrümmtem Buckel in eine Felsnische drückte, war ein toter Mensch. Er hielt die Hände aneinander wie beim Gebet. Tatsuhei erstarrte vor Schreck. Orin streckte von hinten die Hand nach vorn und bedeutete Tatsuhei: Geh weiter!

Und Tatsuhei ging weiter. Und wieder lag da etwas im Winkel eines Felsens, ein Gerippe. Beide Beine waren an ihrem Platz, aber der Schädel hatte wohl vornüber gehangen und war irgendwann auf den Boden gepurzelt. Nur die Rippen des Brustkorbs lehnten noch am Felsen. Die beiden Arme lagen weit ab vom Körper, als hätte jemand Schabernack getrieben und die Knochen und Knöchelchen absichtlich so verstreut. Orin gab Tatsuhei mit der Hand wieder ein Zeichen: Weiter! Weiter!

An jedem Felsen, an dem sie vorbeikamen, lag ein Toter. Auch am Fuß eines Baumes war ein Toter.

Er sah aus, als lebte er noch, und war wohl erst vor Kurzem gestorben. Plötzlich zuckte Tatsuhei wieder zusammen. Der Tote vor ihm bewegte sich! Schaudernd beäugte er sein Gesicht – aber nein, der lebte nicht mehr, unmöglich. Und trotzdem: Hat der sich nicht eben noch bewegt?, dachte Tatsuhei wie gebannt. In dem Moment rührte sich der Tote abermals. Da, in der Brustgegend rührte sich etwas! – Es war eine Krähe. Man konnte sie kaum erkennen, weil das Gewand des Toten so dunkel war. Heftig stampfte Tatsuhei mit dem Fuß auf den Boden, doch die Krähe ließ sich nicht stören. Als Tatsuhei am Toten vorbeiging, flatterte die Krähe auf. Die Gelassenheit, mit der sie ihre Flügel spreizte und sich langsam in die Luft schwang, hatte etwas Widerwärtiges.

Wie zufällig sah Tatsuhei noch einmal zum Toten hin, als er bemerkte, dass auf dessen Brust schon wieder eine Krähe saß. Also waren es zwei?, fragte er sich verwundert. Da entdeckte er weiter unten den Kopf einer dritten Krähe. Mit seinen ausgestreckten Beinen sieht der Tote aus, als ob er sich ausruht, dachte Tatsuhei, aber die Krähen haben seinen Bauch leer gefressen und sich dort eingenistet! – Ihm wurde übel vor Abscheu.

Sie schienen den Gipfel bereits erreicht zu haben, doch es ging immer noch weiter hinauf. Je höher sie kamen, desto zahlreicher wurden die Krähen. Vor

Tatsuheis Schritten hüpften sie nur widerstrebend zur Seite. Der Boden um ihn herum wogte wie ein Meer, und die welken Blätter raschelten unter den Krähenfüßen, als wate ein Mensch durch das Laub.

Wie viele Krähen es auf diesem Berg gibt … Verstört schaute Tatsuhei um sich. Die Krähen kamen ihm nicht wie Vögel vor. Ihr Blick schien der von schwarzen Katzen, und ihre aufreizend trägen Bewegungen wirkten gespenstisch. Auch lagen immer mehr Gebeine herum. Er ging noch ein wenig weiter und kam zu einer baumlosen, steinigen Kuppe. Felsbrocken türmten sich übereinander, und alles war übersät mit Knochen, der Boden so weiß, als hätte es geschneit. Den Blick nach unten gerichtet, versuchte Tatsuhei den Gebeinen auszuweichen. Das Weiß begann vor seinen Augen zu flimmern, und er stolperte fast. Unter diesen Knochen sind bestimmt welche von Dörflern, die ich noch gekannt habe, ging es Tatsuhei durch den Kopf. Da fiel sein Blick auf eine hölzerne Schale am Boden. Wie angewurzelt blieb er stehen.

Ist das möglich? Tatsuhei konnte es kaum fassen. Jemand hatte sogar eine Schale mitgenommen! Er stellte sich vor, wie fürsorglich dieser Mensch gewesen sein musste, und wurde ganz traurig, weil er selbst keine mitgebracht hatte. Auf den Felsen lauerten die Krähen mit unruhig zwinkernden Augen. Wütend hob Tatsuhei einen Stein auf und schleuderte ihn nach einer der Krähen. Jäh flatterte sie auf, und mit ihr die ganze Schar.

So lange diese Viecher sich verscheuchen lassen, hacken sie wenigstens nicht auf den Lebenden herum!, dachte Tatsuhei halbwegs erleichtert. Das Gelände stieg noch immer ein wenig an. Nachdem er ein Stück weitergegangen war, entdeckte er einen Felsen, an dem noch kein Toter lag. Als er ihn erreicht hatte, klopfte Orin auf Tatsuheis Schulter und strampelte mit den Beinen. Es war das Zeichen, sie herunterzulassen.

Tatsuhei nahm die Trage von seinem Rücken und ließ Orin absteigen. Dann löste Orin die gerollte Strohmatte von ihrer Hüfte, breitete sie in einer Nische des Felsens aus und machte sich daran, das kleine Bündel, das ebenfalls um ihre Hüfte gebunden gewesen war, an Tatsuheis Trage zu knoten. Überrascht und verärgert zugleich, nahm Tatsuhei ihr das Bündel aus der Hand und legte es auf die Strohmatte. Orin öffnete das Bündel, nahm ein Bällchen aus gekochtem Heiligem Weißem Buschklee heraus und legte es auf ihre Matte. Dann versuchte sie wieder, das Bündel an die Trage zu binden. Doch Tatsuhei riss die Trage entschieden an sich und legte das Bündel zurück auf die Matte.

Langsam ging Orin zur Matte und stellte sich kerzengerade darauf. Sie legte die Hände aneinander, drückte sie an ihre Brust und breitete die Ellbogen aus. Den Blick gesenkt und den Mund fest verschlossen, verharrte sie regungslos. Statt ihres Stoffgürtels hatte sie einen Strick um die Hüfte gebunden.

Tatsuhei starrte auf Orin, die sich nicht rührte. Der Ausdruck ihres Gesichts hatte sich verändert, war nicht mehr so, wie er ihm von zu Hause vertraut war. In Orins Gesicht sah er auf einmal das Antlitz des Todes.

Orin streckte ihre Hände aus und ergriff die von Tatsuhei. Dann drehte sie ihn sanft in die Richtung, aus der sie gekommen waren. Tatsuhei spürte, wie sein ganzer Körper zu glühen begann, als säße er in einem Bottich mit heißem Wasser. Schweiß brach ihm aus allen Poren, in seinem Kopf brodelte es.

Orin drückte Tatsuheis Hände, so fest sie konnte, und stieß ihn dann mit einem entschiedenen Schubs von sich fort.

Tatsuhei ging davon. Er ging davon, wie es der Berg gebot und wie er es geschworen hatte, und schaute nicht zurück.

Noch kein Dutzend Schritte war er gegangen, da hob er seine Trage, auf der Orin nicht mehr saß, gen Himmel und fing bitterlich an zu weinen. Dicke Tränen rollten ihm über die Wangen, während er torkelnd weiterging, den Berg hinab. Nach einigen Schritten stolperte er über einen Toten und fiel hin.

Der Körper neben ihm war schon halb verwest. Unter den Fleischfetzen im Gesicht, auf dem Tatsuheis Hand ruhte, lugte gräulich ein Knochen hervor. Als er sich wieder aufrappeln wollte, bemerkte er, dass um den dürren Hals des Toten ein Strick geschlungen war. »So viel Mut hättest du nie gehabt«, flüsterte Tatsuhei sich selbst zu und ging weiter den Berg hinab.

Es geschah noch am Narayama, ungefähr auf halbem Weg. Vor Tatsuheis Augen flimmerte wieder etwas Weißes. Er blieb stehen und starrte in die Luft. Zwischen den Eichen tanzten weiße Flocken – Schnee.

»Oh!«, entfuhr es Tatsuhei.

Er starrte auf die Schneeflocken. Sie wirbelten durcheinander, und es wurden immer mehr, ein richtiges Gestöber. Im Brustton der Überzeugung hatte Orin stets gesagt: »Sicher wird es schneien, wenn ich auf den Berg geh!« Und tatsächlich, so war es. Auf der Stelle machte Tatsuhei kehrt und stürmte los. Dass er geschworen hatte, das Gebot des Berges zu befolgen, war vergessen. Er musste es Orin wissen lassen. Nein, nicht wissen lassen, er wollte ihr zurufen: »Es schneit! Es hat angefangen zu schneien!« Wenigstens ein paar Worte wollte er ihr sagen. »Es schneit wirklich! Wie schön – «, wenigstens das. Flink wie ein Affe kletterte Tatsuhei den verbotenen Berg hinauf.

Als er Orins Felsen erreichte, hatte ein schneeweißer Schleier sich über die Erde gelegt. Hinter einem Felsblock versteckt, spähte Tatsuhei verstohlen zu Orin. Er hatte sein Gelübde gebrochen, bei der Rückkehr nicht zurückzublicken, und war sogar wieder zurückgekehrt. Und jetzt war er drauf und dran, ein weiteres Gelübde zu brechen, nämlich, nicht zu sprechen. Das kam einer ungeheuerlichen Sünde gleich. Trotzdem, »Sicher wird es schneien«, hatte Orin gesagt, und tatsächlich, es hatte angefangen zu schneien. Dieses eine große Glück wollte er noch mit ihr teilen.

Vorsichtig streckte Tatsuhei den Kopf hinter dem Fels hervor. Dort, vor seinen Augen, saß Orin. Um sich vor dem Schnee zu schützen, hatte sie ihre Matte über Kopf und Rücken gelegt, doch ihr Stirnhaar, ihre Brust und ihre Knie waren schneeweiß, sodass sie aussah wie ein Eisfuchs. Die Augen fest auf einen Punkt gerichtet, betete sie.

»Mama! Es schneit, siehst du?«, rief Tatsuhei mit lauter Stimme.

Langsam streckte Orin eine Hand aus und bewegte die Finger.

Geh heim! Geh heim!, wollte sie damit sagen.

»Mama … Dir ist doch sicher kalt …«

Kaum merklich drehte Orin den Kopf nach links und nach rechts, wieder und wieder. Da fiel Tatsuhei auf, dass um sie herum keine einzige Krähe war.

Hat der Schnee sie vielleicht in die Dörfer getrieben? Oder haben sie sich in ihre Nester verkrochen? Wie gut, dass es schneit!, dachte er. Eingeschlossen im Schnee friert man sicher auch weniger, als wenn ein kalter Wind bläst. So wird Mama einfach irgendwann einschlafen.

»Mama, hast du Glück ...«, sagte Tatsuhei und fügte jenen Vers aus dem Lied hinzu: »Gehst auf den Berg und siehe da, es beginnt zu schneien ...«

Langsam nickend, streckte Orin in Richtung von Tatsuheis Stimme wieder ihre Hand aus und bedeutete ihm: Geh heim! Geh heim!

»Mama, es schneit ... Es ist wirklich wahr geworden!«, brach Tatsuheis Stimme aus tiefster Brust heraus, und er stürmte wie von Sinnen den Berg hinunter.

Ob jemand erfahren würde, dass er das Gebot des Berges nicht befolgt und sein Gelübde gebrochen hatte? Der Gedanke quälte ihn.

Als er die Sieben Täler fast erreicht hatte, wo kein Mensch sein sollte, sah er etwas weiter unten auf einmal den Spross vom Münzlager. Mitten im Schnee war er dabei, die Rückentrage abzuwerfen. Auf der Trage saß Matayan, festgebunden mit einem Strick wie ein Verbrecher.

Tatsuhei blieb stehen. »Schurke!«, entfuhr es ihm unwillkürlich. Der Spross hatte offensichtlich vor, Matayan in die Schlucht zu stürzen – in eine Schlucht, die von vier Bergen umgeben und so tief war, dass man nicht ahnen konnte, wie weit es hinabging.

Er stößt ihn gleich den Steilhang runter, in die Höllenschlucht, dachte Tatsuhei und erinnerte sich daran, was Teruyan ihm letzte Nacht zugeflüstert hatte: »Wenn es dir zu mühsam ist, brauchst du nicht auf den Berg zu gehen. Bis zu den Sieben Tälern reicht schon.«

Ah, das hatte er also gemeint … Endlich begriff er. Gestern Abend hatte Matayan sich noch befreien können, doch jetzt war er von Kopf bis Fuß gefesselt. Wie ein Kartoffelsack wurde er achtlos zu Boden geworfen. Dann zerrte der Spross ihn an den Abgrund. Doch Matayan, der in Todesangst seine Hände ein wenig frei bekommen hatte, klammerte sich verzweifelt an den Kragen seines Sohnes. Der versuchte, sich von den klammernden Fingern zu befreien, aber nun krallten sich die Finger der anderen Hand an der Schulter fest, während die Füße schon bedrohlich über den Abgrund hinausragten. In Tatsuheis Augen wirkte das wortlose Ringen zwischen Vater und Sohn fast, als wäre es nur ein Possenspiel. Der Kampf dauerte schon eine Weile, als der Spross plötzlich Matayans Beine hochriss und ihn heftig in den Bauch trat. Auf dem Rücken liegend, stürzte Matayan kopfvoran in den Abgrund. Er überschlug sich zweimal, wie ein Kiefernzapfen, kippte dann zur Seite und rollte immer schneller den Steilhang hinunter.

Tatsuhei starrte in die gähnende Schlucht, versuchte ihren Grund auszumachen, da stob aus der Tiefe wie im Sog eines Wirbelsturms ein ganzer Schwarm Vögel auf, quoll an zu einer dicken schwarzen Wolke.

Krähen! Tatsuhei wurde es so bange zumute, dass er den Kopf einzog. KRAH! KRAH! Kreischend stiegen die Krähen auf und flatterten hoch über ihm umher. Irgendwo da unten muss ein Nest sein, dachte Tatsuhei. Wegen dem Schnee haben sich alle hier versammelt, und Matayan hat sie aufgescheucht …

Die aufgeregt flatternden Krähen beruhigten sich allmählich wieder und verschwanden nach und nach im Dunkel der Schlucht.

Sie holen sich ihr Fressen! Bei der Vorstellung, wie die Krähen über Matayan herfielen, grauste es Tatsuhei. Aber nach so einem Sturz ist er sicher tot, sagte er sich. Er schaute zu Matayans Spross. Die Krähen waren ihm offenbar nicht geheuer, denn hastig schulterte er seine leere Trage und stürmte los.

Kein Wunder – wer so was tut, lädt zu keinem Abschiedstrunk ein. Kopfschüttelnd blickte Tatsuhei dem Spross hinterher, der wie ein Wolf, mit krummem Rücken und eingezogenem Kopf, davonrannte.

Der Schnee fiel in immer größeren, dickeren Flocken. Als Tatsuhei ins Dorf zurückkam, war es bereits dunkel geworden.

Wenn ich heimkomme, ist die Kleine sicher traurig, weil Orin nicht mehr da ist, dachte Tatsuhei. Was sollte er antworten, wenn sie ihn fragte: »Wann kommt Oma wieder?« Tatsuhei war ratlos. Beim Eingang der Hütte blieb er stehen und spähte ins Innere. Drinnen spielte sein zweitältester Sohn mit der Kleinen und sang ihr ein Lied vor:

Gingst zum Hinterberg, um die Alte dort zu lassen
Doch vom Hinterberg kriecht sogar 'ne Krabbe
    zurück

Wie es schien, hatten sie von der Sache mit Orin gesprochen, während er weg war. Auch die Kleine wusste es also schon. Tatsuhei war erleichtert. Sein Sohn sang weiter:

Als die Krabbe kam zurückgekrochen, ließ man sie
    nicht ein
Denn auch 'ne Eule, die zur Nachtzeit heult, lässt
    man nicht herein

Dieses Lied handelte davon, dass man im Dorf vor langer Zeit die Alten beim Hinterberg ausgesetzt hatte, nicht allzu weit entfernt. Eines Tages kam nun eine alte Frau, die dort hingebracht worden war, auf allen vieren wieder zurückgekrochen. Die Familie wurde ganz nervös, jemand rief aufgeregt: »Sie ist zurückgekrochen! Zurückgekrochen wie 'ne Krabbe!«, und geschwind versperrten sie die Tür und ließen sie nicht herein. Ein kleines Kind der Familie glaubte tatsächlich, eine Krabbe sei zurückgekrochen. Die ganze Nacht hindurch weinte die Alte vor der Tür. Das Kind wachte vom Jammern auf und sagte: »Die Krabbe weint!«, worauf man ihm antwortete: »Das ist keine Krabbe. Eine Krabbe weint doch nicht – das ist eine Eule, die heult.« Sie gaukelten dem Kind etwas vor und erzählten ihm nicht, was wirklich geschah. So war das Krabbenlied entstanden.

Tatsuhei stand beim Eingang und hörte dem Singsang zu. Sie wurden nicht müde, dieses Lied zu singen. Er nahm seine Trage von den Schultern und wischte den Schnee ab. Gerade als er die Tür aufstoßen wollte, kam Matsuyan aus dem Schuppen. Um ihren runden Bauch trug sie jenen schmalen, gestreiften Stoffgürtel, den bis gestern noch Orin getragen hatte. In einer Ecke des Schuppens saß im Schneidersitz Kesakichi. Über die Schultern hatte er sich jenen mit Watte gefütterten Rock geworfen, den Orin gestern Abend noch sorgfältig zusammengelegt hatte. Neben ihm stand ein Krug. Er hatte sich wohl mit dem Rest von vergangener Nacht betrunken. Seine Augen waren glasig.

Den Kopf zur Seite geneigt, lallte er selig: »Was für ein Glück, dass es schneit ... Oma hat Glück ... Der Schnee ... Es ist wirklich wahr geworden!«

Tatsuhei stand regungslos da und versuchte, Tamayans Gestalt auszumachen, aber er konnte sie nirgends sehen. Er seufzte tief. Sah seine Mutter vor sich, schneeverweht in der Nische ihres Felsens. Wenn Orin noch immer lebt, stellte er sich vor, dann denkt sie sicher an das Lied vom wattegefütterten Rock:

Wie kalt es auch sein mag, den mit Watte
Gibt man keinem mit auf den Berg

楢 山 節

おとっちゃんー　出てー　見ろ

かれきゃ しげーる　　行かざあ ー ー ー

ー なる まー い ー ー ー ー しょこ しょって

おとっちゃん　出て見ろ
かれきゃ しげる
行かざあなるまい
しょこしょって
夏はいやだよ
道が悪い
むかで長虫
やまかがし
かやの木ぎんなん
ひきずり女
あねさんかぶりで
ねずみっ子抱いた

Narayama-Lied

つんぼゆすりの歌

ろっこん〳〵な
ろっこん〳〵な
お供ァ　らくのよで
らくじゃない
かたのおもさに
荷のつらさ
六根清浄
六根清浄

Geisterschüttel-Lied

Narayama-Lied

つんぼゆすりの唄

作詩作曲 深沢

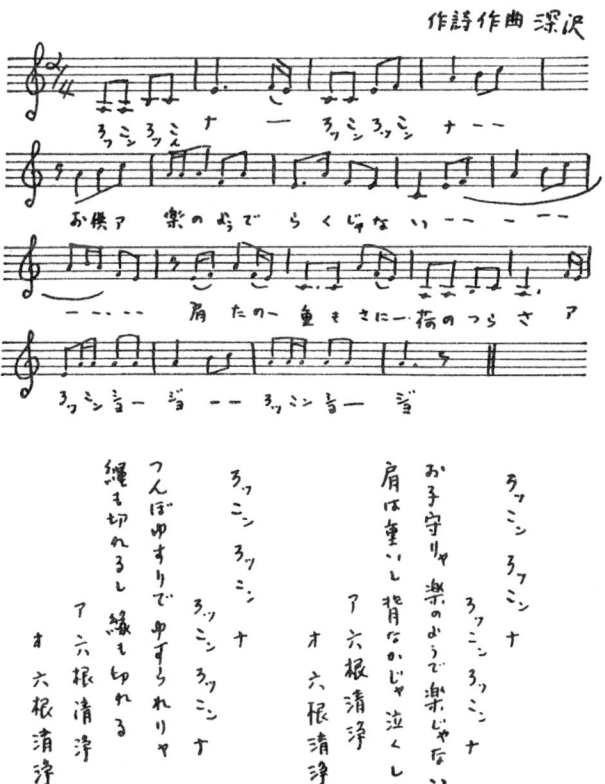

ろっこん ろっこん ナ ー ー ろっこん ろっこん ナ ー ー

お供ア 楽のようで らくじゃない ー ー ー ー

ー ー ー ー 肩 たの一 重さに一 荷のつらさ ア

ろっこん ショー ジョ ー ー ろっこん ショー ジョ

縄を切れるし 縁を切れる
つんぼゆすりで ゆすられりゃ
　オ 六根清浄
ろっこん ろっこん ナ
ろっこん ろっこん ナ
　ア 六根清浄

肩は重いし 背中のかじゃ泣くし
お子守りゃ 楽のようで 楽じゃない
　オ 六根清浄
ろっこん ろっこん ナ
ろっこん ろっこん ナ
　ア 六根清浄

Geisterschüttel-Lied

Anmerkungen des Übersetzers

S. 8 *Bon-Tanz*   O-bon ist ein traditionelles buddhistisches Fest. Die Seelen der verstorbenen Ahnen kehren für drei Tage zu ihren Familien ins Diesseits zurück und werden u. a. mit einem Bon-Tanz empfangen.

S. 8 *Narayama*   Wörtlich »Eichenberg«.

S. 11 »*Witwe ist sie, erst seit vorgestern, kommt aber her, sobald neunundvierzig Tage vorbei sind.*«   Die engere Trauerzeit beträgt nach buddhistischem Brauch sieben Wochen, also neunundvierzig Tage. Dies ist die Zeit, während der die Totenseele ihre Reise ins Jenseits absolviert und dabei spirituelle Unterstützung benötigt. Nach traditionellen Vorstellungen muss sie sich nämlich in der Totenwelt vor zehn Richtern (jūō) rechtfertigen (siehe: Religion in Japan, www.univie. ac.at/rel_jap/an/Alltag/Totenriten).

S. 13 *Reiswein*   Im Japanischen heißt das Getränk »doburoku«.

S. 18 *Teufelszähne*   »Oniba« bzw. »oni no ha«, wie es im Originaltext heißt, bedeutet wörtlich übersetzt »Teufelszahn«, im alltäglichen Sprachgebrauch jedoch »vorstehender Eckzahn«. In den furchteinflößenden Nō-Masken weiblicher Dämonen (hannya) sind die spitzen, hervorstehenden Eckzähne gut zu sehen.

S. 20 *Tenpō-Münze*   Ovale Kupfermünze mit Loch; ab Jahr 6 der Tenpō-Zeit (1830–1844) ausgegeben.

S. 29 *»Tatsuheiyan – der wohnt doch hier, oder?«* Mit dem »yan« zum Namen drückt Tamayan ihre Zuneigung und Verbundenheit aus, obwohl sie Tatsuhei noch nie gesehen hat.

S. 41 *»O sechs Wurzeln, waschen wir sie rein, waschen wir sie rein, die Wurzeln!«* Im Buddhismus gibt es sechs Sinne: Sehen, Hören, Riechen, Schmecken, Spüren (Berührungen, Schmerzen, Wärme, Kälte), Verstehen (Geist, Bewusstsein, Wille). Sie sind die »Wurzeln« des Übels.

S. 43 *»fast ein ganzes Fässchen«* Im Original steht »to« – ein altes japanisches Hohlmaß, das rund achtzehn Litern entspricht.

S. 55 *Schneewürmchen* Die Rede ist von »yukibanba«. In der japanischen Sagenwelt bezeichnet das Wort eigentlich ein Ungeheuer mit struppigem Haar und ungleich langen Beinen. Es erscheint mit dem ersten Schnee, um Kinder zu rauben. Die tanzenden Käfer beziehungsweise »Schneewürmchen« sind lediglich Vorboten dieses Ungeheuers.

S. 60 *Ri* Altes japanisches Längenmaß; ein Ri entspricht rund vier Kilometern.

S. 73 *Eisfuchs* Im Original steht »shirogitsune«, was wörtlich »weißer Fuchs« bedeutet. Das Wort ist hier doppeldeutig, weil es einerseits auf den in Wirklichkeit existierenden Polar- oder Eisfuchs verweist, andererseits auf den Fuchsgeist aus der japanischen Tiermythologie, der Glück bringen soll.

S. 80–83 *Narayama-Lied* und *Geisterschüttel-Lied,* Text und Komposition von Shichirō Fukazawa.

Der Drucksatz auf den Seiten 80–81 ist in der japanischen Erstausgabe enthalten und wurde in viele weitere Ausgaben übernommen. Die Abbildungen auf den Seiten 82–83 zeigen Fukazawas Handschrift (das Narayama-Lied ein mehrstimmiges Arrangement für Gitarre) und wurden vermutlich nach der Erstausgabe notiert, abgebildet erstmals in späteren Taschenbuchausgaben.

EDUARD KLOPFENSTEIN

Der »Narayama« und sein Autor Shichirō Fukazawa

Das Dorf, die Lieder und der Eichenberg

Die erste veröffentlichte Erzählung von Shichirō Fukazawa (1914–1987), die hier in einer Neuübersetzung vorliegt, ist sein berühmtestes Werk geblieben, für das er 1956 gleich den erstmals verliehenen Debütanten-Preis (shinjin shō) der führenden Zeitschrift *Chūō kōron* zugesprochen erhielt. Darin geht es um das Leben und Sterben in einem kleinen, von der Außenwelt abgeschotteten Bergdorf, in einer engen, völlig in sich geschlossenen, geschichtslosen Welt, die vom Diktat des Hungers und der Nahrungsbeschaffung beherrscht wird. Reis ist der größte Luxus, »Kein Essen!« ist die heftigste Beschimpfung, und Diebstahl von Vorräten führt zur Ausstoßung aus der Gemeinschaft, was einem Todesurteil gleichkommt. Die vorhandene Nahrung reicht nur für eine beschränkte Anzahl von Bewohnern. Deshalb muss überzähliger Nachwuchs ausgemerzt werden, und die Alten sind verpflichtet, mit siebzig den Gang zum Narayama (Eichenberg) anzutreten, das heißt, sie werden hoch oben auf einem weit entfernten Berggipfel ausgesetzt.

Die kleine Dorfgemeinschaft funktioniert nach einem System fester Regeln und Verhaltensnormen, denen ein System von gestischen und sprachlichen Zeichen zugeordnet ist. Am augenfälligsten macht sich der Zeichencharakter der eingestreuten Lieder bemerkbar, die mehr oder weniger verhüllt auf Gemeinschaftsregeln hinweisen. Sie können zwar je nach Situation variiert werden und verschiedene Funktionen haben – Belehrung, Vordeutung, Warnung, Verspottung, Beschimpfung oder Bestrafung –, aber im Kern sind sie ein Mittel der Selbstvergewisserung, das die Kontinuität der Lebensform im dörflichen Kollektiv betont.

Hierin liegt das besondere strukturelle und erzählerische Raffinement. Der Titel *Narayama bushi kō* – wörtlich übersetzt »Studien über die Narayama-Lieder« – erweckt den Anschein, als handle es sich um eine wissenschaftliche Abhandlung über Volkslieder, und am Schluss finden sich sogar zwei Beispiele mit Musiknoten. Doch in Wirklichkeit sind die Liedtexte vom Autor erfunden und mit eigenen Melodien versehen. Die Lieder dienen ihm dazu, den Erzählablauf zu akzentuieren und in einem Prozess von Andeutungen allmählich das wahre Wesen der Narayama-Reise, des Gangs zum Eichenberg, zu enthüllen.

Ein archaisches Gesellschaftsmodell

Fukazawas Erzählung und im Besonderen der darauf basierende Film *Die Ballade von Narayama* (1983) des Cinéasten Imamura Shōhei gewannen im Jahr 2020 als Folge der Corona-Pandemie eine plötzliche, unerwartete Aktualität. In der Diskussion um die Stellung alter Menschen in unserer Gesellschaft wurde auf die in verschiedenen Weltgegenden bezeugten Überlieferungen zur Altentötung (Senizid) verwiesen und im Blick auf Japan Fukazawas Darstellung gelegentlich als quasi dokumentarische Beschreibung alter ritueller Praktiken hingestellt.

Es muss hier mit Nachdruck festgehalten werden, dass dies in die Irre führt und von einer gelegentlich immer noch aufbrechenden Tendenz zur Exotisierung Japans zeugt. Der Autor greift in absolut eigenständiger Weise auf eine allbekannte, in verschiedenen literarischen Zeugnissen des japanischen Altertums und des Mittelalters tradierte Legende von der Aussetzung einer alten Frau (»Obasute«) zurück. Interessanterweise ist dort immer nur von einer alten Frau, nie von einem alten Mann die Rede. Und in einer

Fassung wird die Alte auch wieder zurückgeholt. Die Legende wird durch Ortsnamen in verschiedenen Gegenden Japans gestützt; aber sie bewegt sich ganz in einer mythologischen Sphäre mündlicher Überlieferung. Quellen oder Hinweise, die in irgendeiner Weise historisch belastbar wären, existieren nicht. Dies gilt natürlich umso mehr für die von Fukazawa frei ausgestaltete Fassung.

In diesem Sinne lässt sich die japanische »Obasute-Legende« in die zahlreichen vergleichbaren und seit der Antike weltweit bezeugten Erzählungen einreihen. Besondere »Plausibilität« beanspruchen diejenigen, die eine objektiv gegebene Notsituation ins Feld führen können. Dies gilt etwa für entsprechende Überlieferungen von in arktischen Gebieten Asiens und Nordamerikas lebenden Nomaden- und Inuitvölkern. Wer hier beim Weiterzug nicht mehr Schritt halten kann, muss zurückbleiben. Im Roman *Der Zug der Rentiere* des Kanadiers Allen Roy Evans zum Beispiel verlangt der alte Häuptling Kaas den Bau seines »einsamen Iglus«, um darin zu sterben, nachdem er es nicht mehr aus eigener Kraft geschafft hat, dem Zug zu folgen – ein persönlicher Entscheid, der aber der Notwendigkeit wie den Normen und Erwartungen der Gruppe entspricht. Demgegenüber steht bei Fukazawa eine agrarische Lebensform mit äußerst begrenzten Ressourcen und ohne Außenbezug.

Daraus ergibt sich als Gemeinschaftsnorm die Beschränkung sowohl der Einwohnerzahl wie auch der Lebenszeit.

Verhältnisse wie die hier geschilderten hat es in genau dieser Weise wohl nie gegeben. Es geht Fukazawa darum, ein für jedermann nachvollziehbares Modell einer archaischen Gemeinschaft zu zeichnen und in diesem ungewohnten Rahmen letzte Fragen des menschlichen Daseins neu zu stellen. Der Anspruch ist ein universeller; dennoch bezieht das Werk seinen Reiz zu einem guten Teil daraus, dass die dargestellte Welt aus Elementen des vormodernen bäuerlichen Lebens oder bestimmter volksreligiöser Denkweisen Japans aufgebaut wird. Als Beispiel sei etwa das Dorf und seine Umgebung als Bereich des täglichen Lebens, als Wohn- und Wirtschaftszone genannt, und im Gegensatz dazu die hohen oder fern abgelegenen Berge, die als Anderswelt und Sitz von Gottheiten gedacht werden – eine uralte, fest in der überlieferten Vorstellung verankerte Dichotomie.

Der Gang zum Narayama

Hier müssen wir uns auf die Betrachtung des zentralen Ereignisses, des Gangs zum Narayama, beschränken. Es vollzieht sich in zwei Stufen: Zuerst in einer geheimen Instruktionszeremonie am Vorabend und dann einen Tag später beim effektiven Gang zum Eichenberg. An der Vorabend-Zeremonie nehmen zehn Personen teil: Die Hauptpersonen Orin und ihr Sohn Tatsuhei, an die sich die Weisungen richten, sowie sieben ältere Männer und eine Frau, die den Weg schon einmal hinter sich gebracht haben. Die Regeln sind an sich im ganzen Dorf bekannt, aber die Sitte verlangt, dass sie vor dem Aufbruch in einem festen zeremoniellen Rahmen bestätigt werden. Zu den Instruktionen gehört die Wegbeschreibung. Sie wird später in der Erzählung von der Reise Schritt für Schritt und beinahe wörtlich wiederholt, was den rituellen Charakter des Geschehens besonders betont.

An sich könnte Fukazawa die Vorgänge völlig frei und willkürlich gestalten. Doch bei genauem Hinsehen erweist es sich, dass er durchwegs penibel auf vorgegebene Muster zurückgreift. Die einzelnen Stationen folgen aufeinander in Analogie zum Besuch einer shintoistischen Kultstätte: An der Grenze der bewohnten und genutzten Welt geht der Weg unter mächtigen Stechpalmen durch. Stechpalmen werden in der Tradition mit magischen Abwehrkräften verbunden. Das heißt, sie markieren hier das Tor zu einer anderen, normalerweise nicht betretenen Welt, gleich wie das Torii-Portal den Eingang zum heiligen Bezirk eines shintoistischen Berg-Kults oder eines Schreins anzeigt. Es folgt der Aufstieg bis zu einem kleinen

See, der bei einem Schreinbesuch der Wasserstelle zur rituellen Reinigung entspricht. Die dreimalige Umkreisung folgt ebenfalls einem traditionellen Ritus. Danach führt der Weg über Steinstufen hinauf. Auch darin kann man eine Analogie zu einer Treppe sehen, die zum meist erhöhten Kultplatz oder Schrein emporführt. Anschließend wird eine Passage mit der Bezeichnung »nanamagari« (die sieben Kehren) oder »nanatani« (sieben Täler) erreicht. Diese Namen stehen zwar weniger direkt mit Shintō-Wallfahrten im Zusammenhang, aber sie sind in verschiedenen Gegenden Japans bezeugt und weisen darauf hin, wie wichtig die Zahl Sieben in den volkstümlichen Vorstellungen ist. Bei genauem Nachzählen zeigt es sich zudem, dass der tiefe Talkessel von vier Bergen umrahmt ist, wobei der am weitesten entfernte als Narayama bezeichnet wird. Da vorher schon drei Berge bestiegen oder umgangen wurden, kommen wir wiederum auf eine Zahl von sieben Gipfeln. (Später werden wir sehen, dass der Autor auch seinen eigenen Namen Shichirō, »Der siebte Sohn«, mit solchen Zahlenvorstellungen in Verbindung bringt.)

Ein weiterer Traditionsbezug wird uns bewusst, wenn wir uns klarmachen, dass die Narayama-Reise nichts anderes ist als ein »Michiyuki«, eine klassische »Wegbegehung«. Die »Wegbegehung«, das heißt die poetische Reisesituation, ist seit den ältesten Zeiten ein

Topos der japanischen Literatur. Zu besonderer Blüte gelangt das Michiyuki zu Beginn des 18. Jahrhunderts in den Theaterstücken des Chikamatsu Monzaemon, wo Liebespaare, die keinen anderen Ausweg sehen, als gemeinsam den Tod zu suchen, in einer hoch emotionalen Wanderung ihrem Ziel entgegengehen. Ich denke, Fukazawa hat solche Szenerien mitbedacht, auch wenn es hier nicht um eine Liebestragödie geht. Aber jedenfalls handelt es sich um einen Gang in eine andere Welt, vom Leben in den Tod.

Das zentrale Anliegen des Autors

Direkt vor dem Aufstieg zum Narayama wird das Thema »Weg« noch einmal in höchst suggestiver Weise aufgegriffen – meiner Ansicht nach eine Schlüsselstelle des gesamten Werks. Während der Instruktion am Vorabend heißt es: »Narayama-sama wa michi ga atte mo michi ga naku …« (Am Narayama gibt es einen Weg und doch keinen Weg …), eine Formel, die im Bericht von der Reise fast wörtlich wieder auftaucht.

Was bedeutet dieses offensichtlich bewusst formulierte Paradoxon? »Michi« ist erstens der konkrete Weg, der auf den Berg führt und der tatsächlich vorhanden ist; denn auch späterhin ist noch mehrmals vom »Weg« oder vom »Bergpfad« (yamamichi) die

Rede. Das Wort »michi« wird zweitens in einer übertragenen Bedeutung gebraucht: Es bezeichnet ein Verhalten, das den Gemeinschaftsnormen entspricht. Hier nun, am Narayama, werden diese Vorschriften außer Kraft gesetzt. Es ist ein Ort jenseits aller Grenzen, auf den sich die menschlichen Ordnungen und sozialen Kontrollmechanismen nicht ausdehnen lassen. Darum gibt es »keinen Weg«. Jeder ist auf sich selbst zurückgeworfen. Er muss selbst entscheiden, wie er sich unter den gegebenen Umständen verhält, und wird dabei in seinem wahren Wesen entlarvt. Er kann sich menschlich oder auch unmenschlich verhalten. Wird er wie der Nachbar seinen unziemlich am Leben hängenden Vater, ohne bis auf den Berg vorzudringen, in den Abgrund stürzen? Oder handelt er wie Tatsuhei? Dieser trägt seine Mutter voll schmerzlicher Zuneigung bis zum höchsten Punkt des Bergs, nimmt Abschied, kehrt sogar, als es zu schneien beginnt, entgegen allen Vorgaben nochmals zurück, bricht das Schweigegebot und macht sich erst nach einem entschiedenen Wink ihrerseits auf den Heimweg. Das ist das Äußerste, was für den Sohn in diesem gegebenen Rahmen möglich erscheint. Orin dagegen hält sich an den vorgezeichneten »Weg«. Ihre unbedingte, von innen kommende Bejahung der Regeln und Normen und somit auch des eigenen Todes erhalten ihr nicht nur intakte familiäre Beziehungen, sondern verleihen ihr am Ende auch eine schwer definierbare Größe und Würde, die sie über andere hinaushebt.

Die zentrale Leistung des Autors liegt darin, dass es ihm gelingt, in einer solchen extrem determinierten Welt dennoch einen Grenzbereich offen zu halten, in dem Menschlichkeit und Würde der Person einen Platz finden.

Woher aber nimmt Orin die Kraft und Entschlossenheit zu ihrem letzten Gang? Liegt das nur an der Verbindlichkeit der Tradition und der Verpflichtung gegenüber der Gemeinschaft? Oder wird hier doch auch noch eine tiefere, religiöse Dimension angesprochen? Der Autor lässt das in der Schwebe und hält sich ans Konkrete. Die Rede vom Narayama-Gott bleibt an den wenigen Stellen, wo sie vorkommt, floskelhaft. Hingegen könnte man den im idealen Zeitpunkt einsetzenden Schneefall als eine Art Gnadenbeweis einer höheren Macht verstehen – aber man muss nicht unbedingt. In dieser Frage sind Leserinnen und Leser ihrerseits auf sich gestellt.

Zur Zeit der Niederschrift im Verlauf des Jahres 1955 war Shichirō Fukazawa als Gitarrist in einem bekannten Show- und Strip-Etablissement *Nichigeki Music Hall* in Tōkyō angestellt. Wenn er zwischendurch Zeit hatte, notierte er sich in den Aufenthaltsräumen des *Nichigeki* ein paar Sätze. Später sagte er, jedes Mal wenn er sich in den luxuriös ausgestatteten Räumen aufgehalten habe, sei er vom Verlangen gepackt worden, in den Bergen herumzustreifen. Allein die Tatsache, dass diese Erzählung, die sich in tiefster Abgeschiedenheit der Berge abspielt, mitten in Tōkyō in den betriebsamen, lärmigen Kulissen eines Strip-Theaters entstanden ist, weist auf eine außergewöhnliche persönliche Konstellation hin.

Notizen zum Lebenslauf des Autors

Shichirō Fukazawa ist wohl der größte Außenseiter unter den japanischen Autoren des 20. Jahrhunderts. Er stammte aus dem Dorf Isawa (Yamanashi-Präfektur) in der zentraljapanischen Region nördlich des Berges Fuji, wo er 1914 in ein kleingewerbliches Milieu hineingeboren wurde. Seine Familie besaß dort eine Druckerei. Bis zum siebzehnten Altersjahr besuchte er die Mittelschule in der Nähe des Wohnorts. Er war ein mittelmäßiger Schüler und fiel nur durch sein autodidaktisches Gitarrenspiel auf, das ihm großen Anhang unter seinen Kameraden sicherte. Eine Gitarre war damals in Japan noch ein seltenes Instrument. Wenn er übte, blieben die Leute auf der Straße stehen. Einmal hatte sich eine kleine Volksmenge vor dem Haus versammelt, sodass der von auswärts zurückkehrende Vater zu Tode erschrak, weil er meinte, die Menschenansammlung deute auf ein Unglück im Haus hin.

Wegen der schlechten schulischen Leistungen wurde der Junge als Dreizehnjähriger für einige Zeit in das Haus seines ehemaligen Volksschullehrers einquartiert, damit dieser ein Auge auf ihn habe. Dieses Haus war ein Bauernbetrieb, und das Leben auf einem Bauernhof hinterließ beim Knaben einen bleibenden Eindruck. Es erweckte in ihm den Wunsch, selbst einmal Landwirtschaft zu betreiben.

Unterhaltungsmöglichkeiten gab es in jener Gegend wenige. Gelegentlich besuchte er das Kino in Kōfu, dem Hauptort der Yamanashi-Präfektur. Auch das Bücherlesen lag ihm nicht besonders. Immerhin berichtet er, dass ihm als Dreizehnjähriger Dumas' *Kameliendame* in die Hände gefallen sei und dass ihn dieses Werk geradezu schockiert habe. Dieser Schock habe nachgewirkt, sodass er später nie fähig gewesen sei, selbst eine Liebesgeschichte zu schreiben. Er versuchte sich gelegentlich an Gedichten, doch zerriss er solche Elaborate gleich wieder.

Nach Abschluss sollte er in Tōkyō eine Drogisten-lehre absolvieren. Doch hielt er es nicht lange aus, arbeitete einmal hier, einmal dort für kurze Zeit und geriet mehr und mehr in eine unstete Lebensweise hinein. Das Einzige, was er weiterhin mit unermüd-lichem Eifer betrieb, war das Gitarrenspiel. In Tōkyō hatte er endlich die Möglichkeit, richtigen Unterricht zu nehmen. Als Zwanzigjähriger erkrankte er ernstlich an einer Brustfellentzündung, ein chronisches Leiden, das sein Leben für lange Jahre überschatten sollte, das ihn aber auch vor der Rekrutierung durch das Militär bewahrte.

1939 gab er in Tōkyō sein erstes öffentliches Konzert als Sologitarrist. Die Ankündigung dazu ist erhalten. Auf dem Programm standen zwei Stücke von Mendelssohn, drei von Albéniz, eines von Tarrega und eines von einem japanischen Komponisten. Und er fügt auch stolz hinzu, dass er in diesem Konzert erstmals Nylonsaiten in Japan gebraucht habe. Während des Krieges und bis 1953 gab er im Ganzen achtzehn Solokonzerte in Tōkyō.

Die schwierige Zeit der späteren Kriegsjahre und der Nachkriegszeit verbrachte er hauptsächlich in seinem Heimatort, wo er sich durch verschiedenste Tätigkeiten, zum Beispiel durch Aushilfe im Familienbetrieb, mit Chrysanthemenzucht oder nach Kriegsende durch Schwarzhandel durchbrachte. Erste literarische Versuche entstanden in diesen Jahren, kurze Stücke mit musikalischen Satzbezeichnungen wie Allegro, Fuga und so weiter.

1949 starb seine Mutter, mit der er während einiger Jahre zusammengewohnt hatte. Er berichtet, wie er die Kranke kurz vor ihrem Tod auf dem Rücken über die Felder trug, weil sie die aufkeimende Saat zu sehen wünschte. Die Last brannte wie Feuer auf dem Rücken, und als er umkehren wollte, streckte die Mutter die Hand nach vorn aus und forderte ihn stumm auf, immer weiter und weiter zu gehen. Der Gang zum Narayama wurde von diesem tiefgehenden Erlebnis inspiriert.

Nach dem schmerzlichen Abschied kehrte er nach Tōkyō zurück und fand wieder zu seinem Wanderleben als Musikant. Neben einigen Solokonzerten schloss er sich zeitweise unter dem Künstlernamen Jimmy Kawakami einer herumziehenden Musikantentruppe an, betätigte sich dazwischen aber auch als Kleiderhausierer, um sich über Wasser zu halten. 1952 stieß er, wie bereits erwähnt, als Gitarrist zum Nichigeki-Theater, wo er bis zum Beginn seiner Schriftstellerkarriere ein Auskommen fand. Den größten Erfolg in dieser Stellung erreichte er 1954 in einer spanischen Tanznummer, in der er als Solobegleiter unter dem Namen Momohara Seiji auftrat.

Der 42-jährige Fukazawa, der bis dahin noch nie eine Zeile veröffentlicht hatte, war 1956 über den Erfolg seines Erstlings *Narayama bushi kō* und den damit verbundenen Literaturpreis wohl ebenso erstaunt wie die ganze literarische Welt Japans. Das Werk fand ein außergewöhnliches Echo, weil es so völlig neu und andersartig war. Weitherum wurde es als eine

Rückkehr zu den Wurzeln japanischer Weltsicht empfunden. Er erhielt nun Anfragen und Aufträge von allen Seiten, und damit begann das Jahrzehnt seiner größten literarischen Produktivität. Zunächst kamen einige früher geschriebene kurze Stücke heraus, zum Beispiel die *Drei Etüden,* unter denen sich die Erzählung *Nankin kozō* (Das Nanking-Bübchen) befindet, die inhaltlich wie formal (durch Einbezug eines selbst erfundenen Liedes) als Vorstudie zur Narayama-Erzählung gelten kann. 1958 brachte er den Roman *Fuefukigawa* (Flötenbläser-Fluss) heraus. Darin schildert er das harte Leben des einfachen Bauernvolks in den Kriegswirren des 16. Jahrhunderts. Beachtung fand auch die Erzählung *Tōhoku no zunmutachi* (Die Hörigen aus Nordost-Japan) von 1957. Hier geht es um die zweit- und drittgeborenen Söhne in abgelegenen Landstrichen des Nordostens, die wiederum wegen fehlender wirtschaftlicher Ressourcen nicht heiraten durften und fast wie Sklaven behandelt wurden. Auch hier stellt sich die Frage, wieweit solche Überlieferungen allenfalls einen historischen Kern besitzen.

Es wäre jedoch falsch, daraus zu schließen, Fukazawa sei gänzlich auf solche bäuerlich archaischen Welten fixiert gewesen. Als Gegenbeispiel lässt sich etwa die Erzählung *Tōkyō no purinsutachi* (Die Prinzen von Tōkyō) von 1959 anführen, worin er in einer lockeren Folge das Leben von frustrierten Jugendlichen darstellt, die sich gegen Schule und Gesellschaft auflehnen, gewalttätig manchmal, und die sich in der Musik des eben in Mode gekommenen Elvis Presley eine Gegenwelt schaffen.

1961 verwickelte ihn ein literarisch weniger bedeutendes, aber politisch umso brisanteres Werk in einen Skandal. In *Fūryū mutan* (Elegante Traumgeschichte, 1960) beschreibt er, obwohl nur in der Form eines grotesken Traums, den Ausbruch einer Revolution in Japan, bei der die kaiserliche Familie umkommt. Das wirbelte viel Staub auf. Ein junger Rechtsextremist drang in das Haus des Herausgebers der Zeitschrift *Chūō kōron* ein, tötete ein Dienstmädchen und verwundete die Gattin des Herausgebers. Fukazawa fühlte sich bedroht und begab sich deshalb ein Jahr lang inkognito auf eine Reise, die ihn durch ganz Japan führte. Ein Tagebuch darüber veröffentlichte er später.

Das Jahr 1964 brachte zwei gegensätzliche längere Texte. Der Roman *Kōshū komori uta* (Wiegenlieder aus der Provinz Kōshū) gestaltet wieder ein bäuerliches Milieu, beschreibt das Leben einer Familie und eines Dorfes zu Beginn des 20. Jahrhunderts. Das zweite Buch *Senshūraku* (etwa: Finale, Ausklang) basiert auf Fukazawas Erfahrungen aus der *Nichigeki-Music-Hall*-Zeit. Es beschreibt in einer für die damalige Literatur kühnen Methode mit Momentaufnahmen das ziellos seichte Ein und Aus des täglichen Lebens, das oberflächliche Treiben um dieses Showgeschäft.

Nun endlich konnte er sich einen lang gehegten Traum erfüllen: Er kaufte sich in der Saitama-Präfektur, nicht allzu weit von Tōkyō entfernt, ein Stück Ackerland, stellte ein barackenähnliches Fertighaus darauf und wurde Bauer. Er nannte seine Residenz *Love-me-Hof* und begann im Frühling 1966 ein Leben als Selbstversorger. Sein literarisches Schaffen ging in den folgenden Jahren stark zurück. Allerdings erwies es sich bald, dass seine schwächliche Konstitution der schweren Feldarbeit nicht gewachsen war. Heftige Herzattacken zwangen ihn, sich zu schonen. Sein Gitarrenspiel hatte er in all den Jahren nie ganz aufgegeben, und 1967, im Hinblick auf die Herausgabe einer Werkauswahl (*Fukazawa Shichirō senshū*, 3 Bde., 1968) trat er wieder einmal als Sologitarrist in Tōkyō auf.

Fukazawa blieb zeit seines Lebens ein unabhängiger und unangepasster Mensch. Auch nach seinem Start als Schriftsteller stand er, der Nicht-Intellektuelle, nur am Rande der eng verfilzten japanischen Literatenwelt. Er gehört zu jenen Ausnahmeerscheinungen, die literaturgeschichtlich nur schwer einzuordnen sind. Nachdem er sich als Bauer niedergelassen hatte, wurde er immer häufiger von Jungen aufgesucht, die auf seinen Feldern einige Zeit Hand anlegten und sich dafür Rat und Lebenshilfe von ihm erhofften. Es zeigte sich, dass sein Außenseitertum, seine vorgelebte Kulturkritik zur Zeit der höchsten wirtschaftlichen Wachstumseuphorie der Sechzigerjahre, eine bedeutende Anziehungskraft auf junge Menschen ausübte. Auch in einer Jugendzeitschrift spielte er vorübergehend den Briefkastenonkel und schockierte oder erheiterte die Leser mit seinen ungeschminkten, sich um keine Konventionen kümmernden Meinungsäußerungen und Ratschlägen.

Da er sich als Bauer nicht nach Wunsch betätigen durfte, leistete er sich 1972 eine kleine Eskapade, indem er in Tōkyō eine Straßenbude für Imakawa-yaki (eine Art Pfannkuchen mit Bohnenmus, der kurz gebacken und warm an Passanten verkauft wird) eröffnete. Er nannte sein Lokal *Yume-ya* (Traumladen). Ein letztes Mal erregte er Aufsehen, als er 1980 für seine Erzählung *Michinoku no ningyōtachi* (Puppen aus Nordost-Japan) den hoch angesehenen Kawabata-Yasunari-Preis zugesprochen erhielt, ihn aber dankend ablehnte. Seine nicht leicht nachvollziehbare Begründung in der Zeitschrift *Shinchō* vom Juni 1980 zeigt, dass diese Ablehnung eine Art Schockreaktion war, dass er innerlich auf einen solchen Preis einfach nicht vorbereitet war. Ein Jahr später akzeptierte er dann den nicht weniger angesehenen Tanizaki Jun'ichirō-Preis.

In einem Text von 1979 hatte er das geruhsame Alter, das ihm zuteilwurde und das er angesichts seiner eh und je angeschlagenen Gesundheit mit einer gewissen Verwunderung betrachtete, als ein »Herumtrödeln auf dem Weg zur Unterwelt« bezeichnet. Der Tod hatte offenbar nichts Schreckendes für ihn. In seinen Schriften erscheint er vielmehr vollständig enttabuisiert. Auch seinen persönlichen Narayama hatte er längst ins Auge gefasst. Schon 1970 bekannte er bei einem Zeitungsinterview in dem ihm eigenen heiteren Plauderton: »... auf einem Berggipfel in Chichibu hab ich mir ein Grab gekauft, jawohl. Und weil es ein Abteil von zwei Tsubo (etwa 6,6 m^2) ist, kostete es etwas über fünfzigtausend Yen. Die Gebühr für Instandhaltung beträgt pro Jahr sechshundert Yen. Da ich Shichirō (der siebente Sohn) heiße, hab ich mir die Nummer 7 ausgewählt. Auch bei meinen (künftigen) Nachbarn habe ich mich schon vorgestellt und kleine Geschenke überreicht ...«

Am 18. August 1987 verstarb er im Alter von dreiundsiebzig Jahren auf seinem kleinen Hof in der Saitama-Präfektur.

Literatur- und Sachhinweise

Die Erzählung *Narayama bushi kō* erschien in der Novembernummer 1956 der Zeitschrift *Chūō kōron* und als Buch im Januar 1957 im gleichen Verlag. 1959 übersetzte Bernard Frank sie ins Französische (*Étude à propos des chansons de Narayama,* Verlag Gallimard). Aufgrund dieser französischen Fassung erstellte Klaudia Rheinhold die erste deutsche Übersetzung: *Schwierigkeiten beim Verständnis der Narayama-Lieder,* Rowohlt Verlag 1964. Alle späteren Nachdrucke, auch in anderen Verlagen, übernahmen diese Fassung.

Eine übersichtliche, höchst gelungene Darstellung und Beurteilung der japanischen »Obasute«-Überlieferung findet sich bei: Formanek, Susanne. *Denn dem Alter kann keiner entfliehen. Altern und Alter im Japan der Nara- und Heian-Zeit.* Verlag der Österreichischen Akademie der Wissenschaften. Wien 1994. S. 215–228. (Mit Übersetzungen klassischer Texte.)

Eine handliche Einführung zum Thema Senizid weltweit bietet das Buch: Pousset, Raimund. *Senizid und Altentötung. Ein überfälliger Diskurs.* [essentials]. Springer Verlag. VS Wiesbaden 2018. 46 S.

Zum Vergleich ein Beispiel aus dem Umkreis des arktischen Nomadentums: Evans, Allen Roy. *Der Zug der Rentiere.* (Orig. *Reindeer Trek.*) Übers. Richard Hoffmann. Zsolnay, Wien 1951; Rowohlt (Taschenbuch), Hamburg

1952 und weitere Aufl. Die zitierte Episode findet sich in Kapitel 12.

Fukazawas kurze Erzählung *Nanking kozō* (Das Nanking-Bübchen), die man als Vorstudie zu *Narayama bushi kō* bezeichnen kann, erschien in meiner Übersetzung in: Fröhlich, Annemarie (Hrg.). *Inseln in der Weltliteratur.* Manesse Verlag, Zürich 1988. S. 293–300. Ebenso in der Anthologie: Klopfenstein, Eduard (Hrg.). *Mondscheintropfen. Japanische Erzählungen 1940–1990.* Zürcher Reihe Japanische Literatur. Theseus Verlag Zürich/München 1993. S. 27–33.

Die Erzählung *Narayama bushi kō* wurde zweimal verfilmt, erstmals 1958 durch Kinoshita Keisuke. Berühmter ist die zweite Verfilmung von Imamura Shōhei 1983: Dem Werk wurde 1983 am Filmfestival von Cannes die »Goldene Palme« zugesprochen. In den deutschsprachigen Ländern kam es unter dem Titel *Die Ballade von Narayama* in die Kinos. Imamura fügte in seiner Umsetzung zusätzlich Handlungselemente aus der späteren Erzählung *Tōhoku no zunmutachi* ein.

THOMAS EGGENBERG

Ein weiter Weg –
Übersetzen aus dem Japanischen

Es war ein weiter, gewundener Weg zum Narayama – Zeit, innezuhalten und sich zu vergegenwärtigen, woher man gekommen ist und wie alles begonnen hat. Mit Jun Ishikawas Essay *Edojin no hassōhō ni tsuite – Über das Denken in der Edo-Zeit* (2001) fing meine Reise an, einem vertrackten, scharfsinnigen Text über die Stilmittel, mit denen gewitzte Dichter der Edo-Zeit alte Gedichte und Legenden parodierten und sie auf diese Weise wieder populär machten. Über zwanzig Jahre hinweg folgten sich in meiner Übersetzerwerkstatt Romane von so unterschiedlichen Autorinnen und Autoren wie Kyōichi Katayama, Sō Aono, Banana Yoshimoto und Fuminori Nakamura, bis ich jetzt wieder zu etwas Altem zurückkehrte, der Geschichte vom Aussetzen alter Menschen, die von Shichirō Fukazawa so frisch und eindringlich erzählt wird, dass man der Täuschung erliegt, dieser Brauch habe in Japan tatsächlich existiert.

Bei der Übersetzung der *Narayama-Lieder* kam es mir vor, als hätte sich ein Kreis geschlossen, als wäre ich nach langer Wanderung durch das japanische Sprachgebirge endlich zu einem Aussichtspunkt gelangt, von dem aus sich die weite, furchige Landschaft, in der ich umhergeirrt bin, zum ersten Mal überblicken lässt. Und in einem Anflug von Euphorie denke ich: Wie schön ist doch die japanische Sprache!

Natürlich ist jede Sprache der Welt reich an Schönheiten, wenn man denn einen Sinn für sie hat. Obwohl ich das weiß, ist mir Japanisch – abgesehen von meiner Muttersprache – die vertrauteste, facettenreichste und sinnlichste Sprache, in der ich mich geborgen fühle wie in keiner anderen sonst. Schon nur die Lautmalereien! Sie sind, meist in Verbindung mit Verben, unendlich in ihrer Vielfalt und im Alltag wie auch in der Literatur allgegenwärtig: mogu-mogu, boro-boro, kira-kira, chiri-chiri … Die Bücher von Banana Yoshimoto etwa sind voll von diesen charmanten Wörtern mit ihrer Verdoppelung der Doppelsilben.

Andere Eigenarten des Japanischen: Es kennt über dreißig Arten, »Ich« zu sagen. Das Subjekt wird in einem Satz auch oft ausgespart – wie im folgenden Beispiel, das deswegen interessant ist, weil es zugleich eine weitere typische Eigenart zeigt: die indirekt passive Redeweise. Fragt jemand eine alte Frau, wie alt sie ist, kann es durchaus sein, dass diese ausweichend antwortet: »zuibun nagaku ikasarete itadaite orimasu ne …«* Es ist unmöglich, den Kern dieses Satzes ins Deutsche zu übersetzen; man kann ihn nur umständlich umschreiben: »Anheimgegeben dem unergründlichen Walten des Universums, bin ich dankbar dafür, schon recht lange am Leben gelassen zu werden.« Einfacher gesagt: »Das Leben liegt nicht in unseren Händen. Wir sind abhängig vom Wohlwollen einer höheren Macht.« Die hier genutzten Verbformen des Japanischen sind Ausdruck von Hochachtung, Bescheidenheit und Demut, was durch das Vermeiden jeglichen explizit genannten Subjekts noch verstärkt wird. Der Satz wirkt in der Quellsprache ganz natürlich, im Deutschen dagegen gespreizt und unangebracht komisch. Hier kommt zum Vorschein, was das Übersetzen unter anderem so schwierig machen kann: die Verschiedenheit der Kulturen und Denkweisen ihrer Menschen. Man übersetzt eben nicht »nur« eine Sprache, sondern alles, was mit ihr untrennbar verbunden ist.

Überhaupt die Fülle von Höflichkeitsforme(l)n … Für das Funktionieren der hierarchisch geprägten japanischen Gesellschaft sind sie unerlässlich. Ohne

---

* Aus: Ruth Ozeki, *A Tale for the Time Being*, Canongate, Edinburgh 2013, S. 17.

Bewusstsein von der sozialen Stellung einer Person – abhängig von Alter, Rang, Ansehen – sowie von der konkreten Gesprächssituation ist Kommunikation in Japan kaum möglich. Es gibt zwar eine höflich neutrale Ausdrucksweise (die sogenannte masu-Form), aber die Spannbreite der Möglichkeiten, Nähe und Distanz, Unterwürfigkeit, Bescheidenheit, Respekt, Ehrfurcht, Verehrung oder auch Verachtung auszudrücken, ist riesig. Die Abstufungen in diesem komplexen, sensiblen System sind fein und fließend, variieren je nach Situation und zeigen stets genau an, wie zwei Personen zueinander stehen.

Gewisse Bereiche der Grammatik hingegen sind im Vergleich zum Deutschen verblüffend simpel: Substantive werden nicht dekliniert, Verben kennen keine Flexion nach Person und Numerus, der Kasus wird durch einfache Partikel ausgedrückt, der Plural kann angezeigt werden, muss aber nicht, und Genderfragen stellen sich erst gar nicht, weil die japanische Grammatik keine Geschlechter kennt.

Originell die Art und Weise, wie man im Japanischen Dinge oder Lebewesen zählt. Das hängt zum Beispiel davon ab, ob ein Gegenstand flach ist wie eine Strohmatte, lang wie ein Stecken oder voll wie eine Schale Reiswein; ob es ein Tisch ist, ein Lied, ein Haus oder eine Kartoffel. Menschen werden anders gezählt als Tiere, wobei es für Tiere wiederum unterschiedliche Zählarten gibt, je nachdem, ob sie groß oder klein sind, Flügel haben oder keine.

Japanisch ist eine SOP-Sprache, das heißt, auf das Subjekt folgt ein Objekt, am Schluss steht das Prädikat. Zudem kann das Subjekt oder Objekt an einer ganzen Girlande von Beschreibungen hängen. Beim Übersetzen in eine SPO-Sprache wie dem Deutschen muss das Verb also nach vorn geholt und die Wortperlen auf der Satzschnur müssen, oft mit einer Schar Kommas, neu sortiert und aufgereiht werden.

Während manche Eigenarten des Japanischen leicht zu übersetzen sind, verlangen andere Einfallsreichtum, Fingerspitzengefühl und nicht zuletzt auch etwas Mut. Oft findet sich ein Weg, manchmal braucht es einen Ausweg, aber die stark dialektal gefärbte Sprache der Dörfler zum Beispiel kann beim Übersetzen der *Narayama-Lieder* nur angedeutet werden. Es gibt aber auch eine Eigenheit, die sich nicht vom Japanischen ins Deutsche bringen lässt und mich als Übersetzer jedes Mal traurig macht, doch dazu weiter unten.

Als ich *Die Narayama-Lieder* zum ersten Mal in der Originalsprache las, war ich hingerissen. Wie schlicht und kraftvoll die Geschichte doch erzählt war! Dieses eigentümliche, helldunkle Timbre der Sprachmelodie, dieser schwingende Rhythmus ... Mir offenbarte sich eine herbe Schönheit, die mir beim Lesen der früheren Übersetzung – aufgrund der französischen Fassung erstellt – verborgen geblieben war.

Gewisse Details in der bisherigen deutschen Fassung wollte ich auf jeden Fall ändern, wie etwa die Häusernamen. Sie sollten alle aus einem einzigen Wort bestehen, weil es im deutschen Sprachraum höchst unwahrscheinlich ist, dass Bergler umständliche Formulierungen für ihre Häuser wählen. So wurde zum Beispiel »Das Haus, wo's regnet« zur »Regenhütte« (für »Ameya«), »Die verdorrte Kiefer« zur »Feuerfichte« (für »Yakematsu«) oder das aus unerfindlichen Gründen unübersetzte »Kaya no ki« zur »Eibenhütte«.

Das von den Dörflern häufig benutzte Wort »mukō mura« wurde vom »Dorf gegenüber« zum »anderen Dorf«, die Wendung »narayama mairi« von »Wallfahrt« zu »Reise«. »Wallfahrt« schien mir zu stark religiös konnotiert. Im Originaltext steht jeweils das Verb »mairu«, das eine bescheiden höfliche Form für »gehen«, »kommen« oder »besuchen« ist und in Japan in vielerlei Situationen verwendet wird. Auch das deutsche Wort »Reise« hat einen weiten Bedeutungshorizont und lässt sich metaphorisch mit einer Grenzerfahrung, mit Leben und Tod in Verbindung bringen. Der Gang auf den Berg als eigentliches Herzstück der Geschichte führt durch eine mythisch entrückte Landschaft. Das schlichte und doch ausgreifende, zudem klanglich schöne Wort »Reise« bringt die existenzielle Dimension des Übergangs gut zum Ausdruck.

Etwas Grundlegendes jedoch war mir viel wichtiger: nämlich die Sprachgestalt dieser legendenhaft und naturalistisch zugleich erzählten Geschichte insgesamt. Für das Geflecht unterschiedlichster Stimmen und Stimmungen, für die unverwechselbare Stimme auch des Erzählers wollte ich einen »Sound« finden, der alles zum Ausdruck bringt und in sich vereint. Nicht nur die eingestreuten Lieder, der ganze Text ist in meinen Ohren wie Musik, vielleicht wie ein Blues. Dem Musiker in Fukazawa lag es wohl im Blut, auch aus Worten Musik zu machen. Diesem zentralen Aspekt einigermaßen gerecht zu werden, war die größte Herausforderung. Die Macht der Natur, die Gemütsarten und Marotten, Gedanken und Redeweisen der Dörfler, der ganze Lebensernst – all das sollte in der Übersetzung zu neuem Leben erwachen.

Um den richtigen Ton zu finden, braucht es manchmal Zeit und Geduld. Und noch deutlicher als sonst empfand ich bei der Arbeit an dieser Übersetzung, dass da zwei gegensätzliche Egos miteinander ringen: Das eine will Diener des Schriftstellers sein und hinter dessen Werk nicht nur zurücktreten, sondern ganz verschwinden; das andere aber muckt auf, möchte sich bemerkbar machen und etwas Eigenes hinterlassen – der ewige Zwist, den viele Übersetzerinnen und Übersetzer literarischer Werke in sich austragen, ohne den aber eine »gute« Übersetzung nicht gelingen kann.

Wie bereits angedeutet, gibt es etwas, das sich dem Übersetzen radikal widersetzt: die japanische Schrift. Fast alles, was Schriftstellerinnen und Schriftsteller sinnlich visuell mit ihr zum Ausdruck bringen, geht bei der Übertragung ins westliche Alphabet verloren – meinem Empfinden nach ein großer Verlust, der sich beim besten Willen nicht kompensieren lässt.

Das japanische Schriftsystem, wie es heute verwendet wird, besteht aus vier Schriften: den Schriftzeichen chinesischen Ursprungs (Kanji), zwei Silben- bzw. Morenschriften (Hiragana und Katakana) sowie dem lateinischen Alphabet (Rōmaji). Die meisten Texte, ob literarisch oder nichtliterarisch, enthalten zumindest Kanji und Hiragana, bei Bedarf auch Katakana und Rōmaji. Es ist durchaus möglich, einen Text nur in Hiragana zu schreiben (eines der berühmtesten Werke der japanischen Literatur, das *Genji Monogatari,* hat Murasaki Shikibu vorwiegend in Hiragana geschrieben), aber in der Regel benutzt man Kanji für Nomen sowie für den Wortstamm von Adjektiven und Verben. Gewiss, Kanji sind abstrakte bzw. abstrakt wirkende Schriftzeichen, und doch sind sie sehr viel mehr, nämlich jahrtausendealte kleine Kunstwerke der menschlichen Fantasie. Nicht wenige der Zeichen haben einen bildhaften Ursprung, der sich noch heute erkennen oder zumindest erahnen lässt, wenn man ihre Geschichte, ihr früheres Aussehen kennt. Man kann – wie der Orientalist Shizuka Shirakawa – ein ganzes Leben mit der Erforschung ihrer Vergangenheit verbringen, und wenn ich hin und wieder eines seiner dicken, schweren Nachschlagewerke zur Hand nehme, weil mich die Herkunft eines bestimmten Zeichens interessiert, fühle ich mich wie gebannt und verzaubert von der unerschöpflichen Vielfalt dieser seltsamen Stricheleien.

Aber die Geschichten der Kanji, die Vorstellungen und Verwandlungen, die ihnen innewohnen – das ist noch nicht alles. Entscheidend ist, dass man mit den verschiedenen Schriften spielen kann. Auch im Alltag, beim Schreiben von Briefen und Notizen, Mails und Messages, beim Twittern oder Bloggen stellt sich manchmal die Frage: Schreibe ich dieses eine Wort jetzt in Kanji oder doch lieber in Hiragana? Oder gar in Katakana? Den Möglichkeiten sind keine Grenzen gesetzt, und so erstaunt es nicht, dass die Art und Weise, die Schriften zu verwenden, zum Stilmittel wird. Vereinfacht gesagt, gelten Kanji von alters her als »männlich« und intellektuell, Hiragana als weich und »weiblich«, und Katakana werden heutzutage vor allem für Lehnwörter und Lautnachahmungen gebraucht, aber auch um ein Wort oder eine Wendung zu betonen oder zu verfremden. Manche Schriftsteller verwenden in ihren Texten gerne viele Kanji, nicht zuletzt, weil man sich mit Kombinationen von Kanji gewählt und gehoben ausdrücken kann. Andere wiederum pflegen eine Vorliebe für Hiragana, was den Text weicher und geschmeidiger erscheinen lässt. Und es gibt auch jene, die die Ausdrucksmöglichkeiten der Schrift ausloten und Konventionen und Stereotypen gezielt durchbrechen. Vermutlich ist der Umgang oft weniger eine bewusste Wahl, sondern ergibt sich wie von selbst aus dem persönlichen Schreibstil, in Verbindung mit den Themen und Motiven.

Schließlich wäre noch ein besonderer Aspekt der japanischen Schrift zu erwähnen: dass literarische Werke fast immer in der Vertikalen, also von (rechts) oben nach unten geschrieben und folglich auch gelesen werden. Die Bewegung von oben nach unten hat etwas Naturgesetzlich-Zwingendes und zugleich Melancholisch-Poetisches und mag an fallenden Schnee oder die blütenschweren Zweige der Trauerkirschen, an die Schönheit des Vergänglichen, erinnern. Das vertikale Schriftbild ist zwar nichts Ungewohntes im Japanischen, aber gerade bei Literatur und Lyrik erzeugt es eine Stimmung, die mich entfernt an jene berühmten Gedichtzeilen erinnert:

Die Blätter fallen, fallen wie von weit,
als welkten in den Himmeln ferne Gärten;
[...]
Und doch ist Einer, welcher dieses Fallen
unendlich sanft in seinen Händen hält.

Die Zeilen stammen aus Rainer Maria Rilkes Gedicht *Herbst**, aber in einem Anflug von Verwegenheit könnte man die »Blätter« zu »Blütenblättern« des Frühlings umdeuten und »Einer« zum »Schreibenden«, der die ihm einfallenden Worte als Zeichen festhält, oder auch zum »Lesenden«, der die geschriebenen Worte bzw. Zeichen dankbar in sich aufnimmt und »hält«.

Beim Übersetzen ist es mir unmöglich, all die visuell wahrnehmbaren Facetten eines literarischen Werks in unser hocheffizient simples Abc hinüberzuretten. Das bedeutet: Am Ende sitze ich vor der fertigen Übersetzung, freue mich vielleicht über den ganz passablen ersten Satz, ein gelungenes Wortspiel oder den schwingenden Rhythmus auch im Deutschen, doch tief im Herzen bin ich traurig, weil der in der japanischen Schrift schlummernde sinnliche Reichtum sich aufgelöst hat in Luft.

Übersetzen als Wechselbad der Gefühle, als Kampf

---

* Aus dem Zyklus »Das Buch der Bilder«.

um das Maximum des Möglichen. Man muss die Grenzen erkennen und anerkennen lernen. Lohnt sich der Kampf überhaupt? Warum es sich nicht viel einfacher machen? Neulich habe ich es zum ersten Mal ausprobiert – die Webseite von DeepL aufgerufen und den ersten Satz von »Narayama bushi kō« eingetippt:

山と山が連なっていて、どこまでも山ばかりである。

Das Resultat der künstlichen Intelligenz: »Es gibt Berge und Berge in einer Reihe und Berge überall.«

Das Resultat meines Versuchs mit Mitteln der Kunst: »Berg an Berg an Berg – so weit das Auge reicht, nichts als Berge.«

Manchmal überlege ich, wie man die Sache mit dem Übersetzen anschaulich beschreiben könnte. Als leidenschaftlicher Liebhaber von Musik stelle ich mir eine vielstimmige Partitur vor, die von einem Orchester zur Aufführung gebracht wird. Auch an ein Wörtermeer denke ich oft, in das man eintaucht, durch das man von einem Sprachkontinent zum andern gelangen will. Doch am nächsten kommen sich Original und Übersetzung vielleicht im Bild von Eltern und Kind. Wie ein Kind sein Leben Vater und Mutter verdankt, langsam heranwächst, selbstständig wird und doch unzertrennlich mit seinen Eltern verbunden ist, so wächst auch eine Übersetzung langsam heran, entfaltet sich zu einem freien, ungebundenen Wesen, das ein Eigenleben führt und den Ursprung dennoch tief und unverkennbar in sich trägt.

KOBO ABE *Die Frau in den Dünen*

Als sich Niki Jumpei in den Dünen verliert, bieten ihm die Bewohner eines einsamen Dorfes ein Nachtquartier an – eine Hütte in einem Sandloch. Dort empfängt ihn eine junge Frau in geheimnisvoller Erwartung. Als er am nächsten Tag aufbrechen will, ist die Strickleiter verschwunden. Und durch alle Ritzen der Hütte dringt unablässig der Sand.

MAXENCE FERMINE *Schnee*

Dem jungen Yuko steht eine glänzende Karriere als Hofdichter bevor. Seine Leidenschaft gilt den Haikus, deren hohe Kunst er unter den Lehreraugen des berühmten Meisters Soseki vollenden soll. Von ihm lernt er nicht nur das Dichten, sondern er erfährt auch die Geschichte der wunderschönen Frau, die Soseki einst liebte. Ihr Name war Schnee.

MASAKO TOGAWA *Der Hauptschlüssel*

Ein Frauenwohnheim in Tokio, in dem alleinstehende und berufstätige Frauen leben, soll versetzt werden. Aufruhr tritt ins Leben der Bewohnerinnen, die sich vordergründig mit ihrem isolierten Dasein abgefunden haben. Aber jede hat im Verborgenen Emotionen, Geheimnisse und Obsessionen – und alle lauern einander auf, um ihre Neugier zu stillen.

MASAKO TOGAWA *Schwestern der Nacht*

Nach dem Tod der neunzehnjährigen Keiko Obano durchkämmt eine unbekannte Frau die Clubs und Bars von Tokio. Sie sucht den Mann, der hier auf Jagd nach einsamen Frauenherzen geht und über seine Eroberungen Tagebuch führt. Aus seinem Spiel mit der Lust wird eine tragische Verstrickung aus verlorener Liebe, verletzter Ehre und bitterer Rache.

Mehr über alle Bücher und Autoren auf *www.unionsverlag.com*

Die Geschichte einer kurzen Ehe

Ein Lager im Dschungel, eine Stadt der Verlorenen: Dinesh, ein junger Mann, versorgt Verletzte, läuft ziellos umher, sucht nach Sinn in den Regungen seines Körpers. An das Gesicht seiner getöteten Mutter erinnert er sich nicht mehr. Er ist allein. Jede Nacht fallen Bomben, und er weiß, dass er wahrscheinlich bald stirbt, doch der Gedanke macht ihm keine Angst. Dann bittet ihn ein alter Mann, seine Tochter zu heiraten, Ganga. Er hofft, dass Dinesh für sie sorgen wird. Ganga ist eine junge, ernsthafte Frau – und nun seine Frau. Und so versuchen die beiden, die Fremdheit zu überwinden, ihre unerwartete Nähe zu erkunden, bevor der Krieg sich wieder über ihnen schließt. In unvergesslichen Szenen lässt Anuk Arudpragasam die menschliche Existenz in ihrer ganzen Würde aufscheinen.

»Ein kostbarer, würdiger Text, vor dem man sich als Leser verneigen möchte, und das Stärkste, was man der Armseligkeit und Erbärmlichkeit des Terrors entgegensetzen kann.«
NDR Kultur

»Da es keine Aussicht auf Errettung gibt, zählt nur der Augenblick, der eine stille, aber existenzielle Wucht entfaltet. Subtil und feinfühlig geschrieben, mit einem atemberaubend dramatischen und herzzerreißenden Ende. Kaum zu glauben, dass dies ein Debütroman ist.« *Buchreport*

»Inmitten all der Härte legt Arudpragasam etwas frei, das es in dieser rohen Form selten zu entdecken gibt: Das Ringen eines Menschen um seine Menschlichkeit.« *Deutschlandfunk*

Der letzte Granatapfel
An Bord eines Bootes, das ihn zusammen mit anderen Flüchtlingen in den Westen bringen soll, erzählt Muzafari Subhdam seine Geschichte. Nach einundzwanzig Jahren Gefangenschaft in der Wüste begibt er sich auf die Suche nach seinem Sohn, in einem Land, das er nicht mehr kennt.

Die Stadt der weißen Musiker
Als man dem kleinen Dschaladat die Flöte zum ersten Mal in die Hand drückt, entlockt er ihr Klänge, die alle verzaubern. Im Krieg muss er in einer namenlosen Stadt der Bordelle all seine Kunst wieder verlernen. Ein rätselhaftes Mädchen beschützt ihn und führt ihn auf einen Weg in die Tiefen seines Landes, der unsere Vorstellungskraft übersteigt.

Perwanas Abend
Für Perwana und ihre Freundinnen hat das tägliche Leben unüberwindbare Grenzen. Die Väter, die Brüder, aber auch die tyrannischen Hüterinnen von Sitte und Glauben sitzen ihnen im Nacken. Eine nach der anderen verschwindet aus der Stadt – zusammen mit ihrem Geliebten. Wo ziehen sie hin?

Mein Onkel, den der Wind mitnahm
Djamschid Khan ist hinter dicken Gefängnismauern dünn geworden. Leicht wie Papier, sodass ihn eines Tages ein Windstoß erfasst und fortträgt. Immer wieder fliegt er davon, bis er selbst nicht mehr weiß, wer er ist und wohin er gehört. Einzig sein Neffe ist auf der Suche nach ihm und nach etwas, das ihm seine Wurzeln zurückgibt.

Mehr über Autor und Werk auf *www.unionsverlag.com*

Ein Witz für ein Leben

Ein Kind, das einer einsamen Kuh durch die Trümmer folgt. Ein Onkel, der drei Mal stirbt. Ein Mann, der die Träume der anderen träumt, und einer, der immer flacher wird. Ein Junge, der seinen kleinen Bruder verkaufen will, und einer, der beschließt, nie wieder zu lächeln. Geschichten von fantastischen Matadoren, von reumütigen Voyeuren, von verlorenen Leben, von allmächtigen Milizen an jeder Ecke – und von der Notwendigkeit, trotz allem zu lachen.

Wie überlebt man in einer Welt, die täglich zerstört wird? Wie findet man Worte für einen Schrecken, der so ganz anders ist, als wir ihn uns vorstellen? In seinen aufsehenerregenden Texten erzählt Mazen Maarouf überraschend und kühn, voller Humor und Fantasie.

»Die Erzählungen setzen sich auf unterschiedliche Weise mit der Frage auseinander, was Menschen Macht und auch Würde verleiht. Sie zeigen den Versuch, mithilfe von Vorstellungskraft und Literatur einer brutalen Realität ins Auge zu sehen, und individuellen Menschenleben, die in der Wucht des Krieges oft untergehen, Würde zu verleihen.« *tralalit.de*

»Das Vertraute verschiebt sich ins Unheimliche, in jedem Satz lauert das Unvorstellbare. Skurril, überraschend, verblüffend, manchmal auch witzig sind diese Erzählungen. Maarouf wurde mit Franz Kafka und Samuel Beckett verglichen. Zu Recht.« *WOZ Die Wochenzeitung*

Maxence Fermine

Schnee

Zu diesem Buch

Yukos Leidenschaft gilt der Poesie, vor allem den Haikus, und dem Schnee. Der Schnee ist für ihn das vollkommen Schöne – ein Gedicht, eine Kalligraphie, ein Gemälde. Einen Winter lang steigt er jeden Tag auf einen Berg und schreibt Haikus. Als er sein 77. Gedicht vollendet hat, steht plötzlich ein Abgesandter des kaiserlichen Hofes vor der Tür. Er prophezeit ihm eine glänzende Karriere als Hofdichter, wenn er unter den Lehreraugen des berühmten Meisters Soseki seine Kunst vervollkommnet. Also macht Yuko sich auf den Weg und erlernt nicht nur höchste Dichtkunst, sondern erkennt auch die Traurigkeit, die seinen Lehrer umgibt – er erfährt die Geschichte einer wunderschönen Frau, die Soseki einst liebte. Sie war Seiltänzerin und ihr Name war Schnee.

»Dieser Roman ist dunkel und voll mysteriöser Klarheit, ein inspirierendes Bild der Poesie.« *Le Figaro littéraire*

Der Autor

Maxence Fermine, geboren 1968 in Albertville, Frankreich, verbrachte seine Kindheit in Grenoble. Bereits sein Debütroman *Schnee* erhielt große mediale Aufmerksamkeit in Frankreich. Es folgten weitere Romane, die in mehrere Sprachen übersetzt wurden. Fermine lebt mit seiner Familie in Savoyen.

Im Unionsverlag sind außerdem lieferbar: *Am Ende der Teestraße* und *Die schwarze Violine*.

Die Übersetzerin

Monika Schlitzer studierte Germanistik, Anglistik und Romanistik in Freiburg. Sie ist Verlegerin des DK Verlags Deutschland und übersetzt Literatur aus dem Französischen, unter anderem Werke von Madeleine Bourdouxhe.

Mehr über den Autor und sein Werk auf *www.unionsverlag.com*